AF185894

Tucholsky · Wagner · Zola · Scott · Sydow · Freud · Schlegel
Turgenev · Wallace · Fonatne
Twain · Walther von der Vogelweide · Fouqué · Friedrich II. von Preußen
Weber · Freiligrath · Frey
Fechner · Fichte · Weiße Rose · von Fallersleben · Kant · Ernst · Richthofen · Frommel
Hölderlin
Engels · Fielding · Eichendorff · Tacitus · Dumas
Fehrs · Faber · Flaubert
Maximilian I. von Habsburg · Fock · Eliasberg · Zweig · Ebner Eschenbach
Feuerbach · Ewald · Eliot · Vergil
Goethe · Elisabeth von Österreich · London
Mendelssohn · Balzac · Shakespeare · Dostojewski · Ganghofer
Trackl · Lichtenberg · Rathenau · Doyle · Gjellerup
Mommsen · Stevenson · Tolstoi · Hambruch · Droste-Hülshoff
Thoma · Lenz · Hanrieder
Dach · Verne · von Arnim · Hägele · Hauff · Humboldt
Reuter · Rousseau · Hagen · Hauptmann · Gautier
Karrillon · Garschin · Defoe · Hebbel · Baudelaire
Damaschke · Descartes · Hegel · Kussmaul · Herder
Wolfram von Eschenbach · Schopenhauer
Darwin · Dickens · Rilke · George
Bronner · Melville · Grimm Jerome · Bebel · Proust
Campe · Horváth · Aristoteles
Bismarck · Vigny · Barlach · Voltaire · Federer · Herodot
Gengenbach · Heine
Storm · Casanova · Tersteegen · Grillparzer · Georgy
Chamberlain · Lessing · Langbein · Gilm · Gryphius
Brentano · Lafontaine
Strachwitz · Claudius · Schiller · Kralik · Iffland · Sokrates
Katharina II. von Rußland · Bellamy · Schilling
Gerstäcker · Raabe · Gibbon · Tschechow
Löns · Hesse · Hoffmann · Gogol · Wilde · Gleim · Vulpius
Luther · Heym · Hofmannsthal · Klee · Hölty · Morgenstern
Roth · Heyse · Klopstock · Puschkin · Homer · Kleist · Goedicke
Luxemburg · La Roche · Horaz · Mörike · Musil
Machiavelli · Kierkegaard · Kraft · Kraus
Navarra · Aurel · Musset · Lamprecht · Kind · Kirchhoff · Hugo · Moltke
Nestroy · Marie de France
Laotse · Ipsen · Liebknecht
Nietzsche · Nansen · Ringelnatz
Marx · Lassalle · Gorki · Klett · Leibniz
von Ossietzky · May · Irving
vom Stein · Lawrence
Petalozzi · Platon · Knigge
Sachs · Pückler · Michelangelo · Kafka
Poe · Liebermann · Kock · Korolenko
de Sade · Praetorius · Mistral · Zetkin

Das Bild der Mutter

Paul Heyse

Impressum

Autor: Paul Heyse
Umschlagkonzept: toepferschumann, Berlin

Verlag: tradition GmbH, Hamburg
ISBN: 978-3-8424-0586-8
Printed in Germany

Paul Heyse

Das Bild der Mutter

(1858)

Seit vielen Jahren schon lebte in der Stadt die Wittwe eines reichen Mannes, der in hohem Alter gestorben war und seiner jungen Frau Haus und Garten und ihre Freiheit hinterlassen hatte. Die schöne Anna zeigte wenig Lust, diese drei sicheren Güter, zu denen sich im Laufe der Zeit mehr als Ein Liebhaber meldete, gegen das ungewisse Gut einer neuen Ehe zu vertauschen. Sie zog es vor, ihre eigene Herrin zu bleiben, von ihrem Reichtum einen sinnigen und wohlthätigen Gebrauch zu machen, in den schönen Gemächern ihres Hauses dann und wann die Freunde ihres verstorbenen Gemahls zu bewirthen und sich die einsamen Stunden mit Musik, Blumenzucht und Lektüre zu vertreiben. Man sah sie oft im Theater und Concert, nicht selten auch in der Kirche, überall ohne Scheinsucht und Gepränge, eine völlig anmutige Gestalt, deren Anblick einem jeden erfreulich war. Niemand fühlte sich veranlaßt, auf ihre Kosten einige jener halblauten Geschichtchen herumzubringen, wie man sie jungen Wittwen aus Mißgunst auf die mancherlei Rechte ihrer freien Stellung anzuhängen pflegt. Auch näherte sie sich mehr und mehr der kühleren Zone des Frauenlebens, und die ernsthaften Gespräche, die sie mit ihrem Freunde, dem Dompredigern, pflog, klangen aus ihrem Munde nicht drollig mehr, obwohl dieselben rothen Lippen zu anderer Zeit im traulichen Kreise aufs Beste zu scherzen wußten, und ein kindlich träumerischer Zug die verständigen Augen noch oft umschwebte. Sie hatte mit ihrem alten Manne, der von kranken Launen vielfach heimgesucht war, eine friedliche Ehe geführt und mit ihrer gleichmäßigen Heiterkeit sein Haus durchwärmt. Ob sie selbst unerfüllte Wünsche dabei im Herzen niederkämpfte, vertraute sie Niemand, wie denn auch unter Allen, die später ihr Haus betraten, nicht Einer sich rühmen konnte, einen Vorzug zu genießen. Es war stillschweigend zum Gesetz geworden, daß die kleine Gesellschaft, die sich oft auch ungeladen um ihren Theetisch einfand, nie später als um Elf auseinanderging, und daß Alle zugleich aufbrachen. Wenn die alte Margot die Hausthür hinter ihnen zuschloß, dachte wohl mancher bei sich, wie sehr es ihm behagen möchte, hier zu Hause und des Heimwegs überhoben zu sein. Nachgerade aber hielt man es für geratener, dergleichen fromme Wünsche nicht mehr bei der obersten Behörde vorzutragen, da zehn Jahre hindurch immer nur derselbe Bescheid erfolgt war.

In einer Nacht jedoch war es den Freunden der seltenen Frau unmöglich, den Zauber, der ihnen angethan worden war, stumm und geduldig von dannen zu tragen. Man befand sich mitten im Hochsommer, die Nachtluft empfing die Herren, die aus dem Hause traten, dunkel und weich, und in die finstere Straße hinunter leuchteten nur die offenen Fenster des kleinen Gemachs, in dem sie so eben noch bei kühlem Wein und herrlichen Sommerfrüchten gesessen hatten. Ein Jeder fühlte das Bedürfniß, den Anderen gegenüber sich Luft zu machen und zu gestehen, daß ihm ihre Wirthin nie reizender, jünger, unwiderstehlicher vorgekommen sei, als eben heut. Auf- und abwandelnd, dem Hause entlang, rühmte man um die Wette den Geist und die Tugenden dieses unvergleichlichen Wesens und schonte dabei die Stimme nicht, damit sich ein oder das andere überschwängliche Wort durch die Fenster hinauf an Ohr und Herz der gestrengen Herrin stehlen und dort für seinen Urheber sprechen möchte. Der Domprediger versäumte nicht, alles Lob, das die Andern mit vollen Händen ausstreuten, durch die Bemerkung zu überbieten, daß der Wandel der schönen Frau ihren Vorzügen erst die wahre Krone aufsetze und sie ein glorreiches Beispiel sei, daß alle anderen Mittel, Schönheit und Jugend zu erhalten, hinter der Kraft der Tugend weit zurückstehen müßten. Mancher, obwohl er nicht zu widersprechen wagte, vernahm dies mit einem stillen Seufzer. Doch das plötzliche Erlöschen der Lichter oben im Haus schien dem würdigen Redner Recht zu geben. Es war offenbar der Gepriesenen des Weihrauchs zu viel geworden, und sie deutete ihren Freunden an, daß sie ihren Namen weder im Guten noch im Bösen zu laut in der horchsamen Nacht zu vernehmen wünschte. Man verstand ihren Wunsch und trennte sich unverzüglich.

Aber das Licht, das an dieser Seite des Hauses verlöscht wurde, erglomm alsbald auf der anderen, die in den Garten sah, und brannte noch fort, als die Mitternacht längst vorübergegangen war und ein abnehmender Mond am feuchten Himmel stand. Es brannte hinter dunkelrothen Vorhängen im Schlafzimmer der schönen Frau, und man mußte genau hinsehen, um von der schmalen Gasse aus, die hinter der Gartentür hundert Schritt vom Hause entfernt vorbeilief, überhaupt einen Schimmer zu entdecken. Gleichwohl war alle Aufmerksamkeit eines Mannes, der in der Gasse stand, nur auf dieses Licht geheftet. Was mochte ihm daran merkwürdig sein? Er war offenbar über die schwärmerischen Jahre hinaus, in welchen eine große Flamme in unserem Busen sich ruhelos zu dem kleinen Licht im Gemach eines schönen Weibes hingezogen fühlt. Räuberische Absichten anderer Art konnte man ihm ebenso wenig zutrauen. Ein schmerzlicher Zug um den kräftigen, sehr ausdrucksvollen Mund zeigte, daß ihm der Posten, den er hier eingenommen hatte, nicht geringe Sorge machte. Die entschlossenen Augen sahen unter dem schwarzen Hut bald zornig, bald kummervoll, immer aber auf das eine Fenster. Und Niemand kam, ihn in seiner Wache zu stören; denn das Haus der Frau Anna lag am Rande der Stadt, und die verfallene, alte Ringmauer begrenzte die öde Gasse, auf der man die Gärten umging.

Eine graue Dämmerung lagerte um diese Stätte, bei der es dem Mann auf der Wacht nicht gelang, die Zeiger auf seiner Uhr zu erkennen. Dennoch zog er sie alle zehn Minuten heraus und steckte sie unmuthig wieder ein, um von neuem das Licht im Hause zu bewachen. Der Wind machte sich auf und trug ihm den Schall der Thurmglocke zu. Eins – Zwei – ein Viertel darüber! Zum hundertsten Male wechselte der Einsame seinen Platz. Er fand jetzt erst eine Art Nische in der Mauer, wo es möglich war, sich – wie unbequem auch immer – niederzusetzen. Er lehnte den Kopf, der ihm von Gedanken schwer war, an die Mauer zurück und betrachtete einen Augenblick den Mond, der sich mehr und mehr umwölkte. Jeder Andere hätte Gefahr gelaufen, durch das langsame Verdunkeln des Himmels allmählig um seine wache Besinnung zu kommen. Unser Mann war vor dem Schlaf nur allzu sicher.

Eine Katze, die von der Gartenmauer in die Gasse sprang, schreckte ihn auf von seinem Sitz. In demselben Augenblick schlug die Thurmuhr Drei. Der Mann drückte sich unwillkürlich den Hut tiefer in die Stirn und faßte zuerst das Fenster, dann die Thür des Gartens mit gespannterer Ungeduld ins Auge. Noch eine Weile blieb Alles still, dann hörte er behutsame Schritte jenseits der Gartenmauer durch den mittleren Weg herankommen. Hinter der Thür hielten sie an, vorsichtig, ob auch die Gasse sicher sei. Ein Schlüssel drehte sich kaum hörbar im Schloß, und die dunkle Gestalt eines Jünglings glitt aus der Thür. Nach einem raschen Blick, der den Mann an der Mauer jenseits nicht entdecken konnte, entfernte sich der Jüngling mit eiligen Schritten und schlug einen Weg ein, der in die innere Stadt zurückführte.

Als er weit genug vom Hause der Wittwe entfernt war, blieb er stehen, wie um Athem zu schöpfen. Er sah umher auf der menschenleeren Straße und hinauf in die nun ganz umdunkelte Luft, aus der einzelne Tropfen zu fallen begannen. Als wäre es ihm unter dem leichten Studentenmützchen zu warm, schob er es weit auf die dichten Locken zurück und gab seine Stirn dem sprühenden Regen preis. Ueber den Dächern zuckte jetzt das Leuchten eines fernen Gewitters herauf, und plötzlich prasselte ein Regensturz in die Straße nieder, der den Jüngling zwang, unter den Vorsprung einer Hausthür zu flüchten. Hier stand er in die Ecke gedrückt, die Augen geschlossen, die Stirn gegen den Steinpfeiler gelehnt, und hing während des Rauschens seinen Träumen nach. Er seufzte tief, da mitten in dem Lärm des Ungewitters eine Nachtigall im Käfig zu schlagen anfing. Sein Mund war halb geöffnet, als sauge er die heranwehende Kühle verschmachtet ein. So stand er eine geraume Zeit.

Erst als der Gewitterguß nachließ und das Rauschen sanfter wurde, sah er auf, und ein heftiger Schreck, der ihn durchfuhr, verscheuchte im Nu die selige Geistesabwesenheit, in der er sich befunden hatte. Am andern Pfeiler des Thorwegs, ruhig vor sich hinsehend, stand der Mann, der an der Gartenmauer die Nachtwache gehalten. Er hatte die Hände in die Taschen seines leichten Sommerüberrocks gesteckt und schien geduldig das Aufhören des Regens abzuwarten, ohne den Andern im Geringsten zu beachten.

Borromäus! rief der Jüngling, du bist's? Wie kommst du hieher?

Auf demselben Wege wie du, Detlef. Der Regen trieb mich unter Dach.

Aber es ist spät.

Ja wohl; eine Stunde noch, so haben wir den Tag.

Der Jüngling schwieg und eine peinliche Unruhe zeigte sich in seinen Geberden. Er trat ins Freie hinaus, prüfte mit emporgewendetem Gesicht das Wetter, schob die Mütze zurecht und sagte dann abgewendet: Was hat dich nur in der Nacht durch die Stadt getrieben, ganz gegen deine Gewohnheit?

Geschäfte, Kind, Geschäfte. Jeder hat die seinigen. Indessen, mein' ich, der Regen ist vorüber, und wir können uns nach Hause begeben.

Detlef nickte, und sie gingen neben einander die Straße hin. Keiner sprach ein Wort. Der Weg war noch weit, aber der Mond leuchtete ihnen wieder, und ein erquicklicher Geruch strömte von dem durchnäßten Boden aus. Ein Glockenspiel auf einem der Stadtthürme begann, und jeder einzelne Ton wurde durch die gereinigte Luft voll und klar dahingetragen.

Sie kamen bei dem Hause an, wo sie wohnten. Schließ auf, Detlef, sagte der Mann.

Hastig griff der Jüngling in seine Tasche, wühlte darin, ohne den Schlüssel zu finden, und sagte endlich: Ich muß ihn zu Hause gelassen – oder – in der Kneipe verloren haben.

Da ist der meine, erwiederte der Mann gleichgültig. Schließ auf! Ich werde morgen hinschicken und fragen lassen, ob ihn vielleicht der Gärtner der Frau Anna oder ihre Zofe gefunden hat.

Borromäus!

Du könntest ihn freilich selbst abholen, fuhr der Andere fort. Aber aus mancherlei Gründen wünsche ich nicht, daß du jenes Haus und jenen Garten wieder betrittst. Schließ auf! Es ist Zeit zu Bett zu gehen. Wir können morgen noch darüber reden.

Wie versteinert sah der Jüngling ihn an. Wer hat es dir gesagt? brach endlich aus seiner beklommenen Brust hervor. Hast du meine Papiere –?

Pfui, Detlef! Du solltest mich kennen. Es ist übrigens gleichgültig, woher ich es weiß. Genug, ich weiß es und wollte dir meine Ansicht darüber nicht vorenthalten.

Du wirst mir erlauben, sie nicht zu theilen.

Nicht? Wir werden sehen, Kind, wir werden sehen; dein Kopf ist heute nicht ganz klar. Wenn du den Rausch ausgeschlafen hast, wollen wir die Sache noch einmal mit Vernunft bedenken.

Er nahm dem völlig Vernichteten den Schlüssel wieder aus der Hand und führte ihn die dunkle Treppe hinauf in ihre Wohnung.

Bei dem geringen Schein des Mondes kleideten sie sich aus, denn keiner wünschte dem andern deutlicher ins Gesicht zu sehen. Ihre Betten standen in dem gemeinschaftlichen Schlafzimmer einander gegenüber, das Fenster war dazwischen. An der Seite des Jünglings war die Wand mit Silhouetten seiner Freunde bedeckt, ein paar Schläger und doppelläufige Pistolen bekrönten, mit Bändern und Handschuhen zu einer Trophäe gruppirt, die vielen kleinen Bildnisse. Ueber Borromäus' Bett hing nur ein weibliches Portrait, ein Mädchen in weißem Kleide, um die jugendlichen Schultern einen reihen Shawl geschlungen. Die Aehnlichkeit mit Detlef war auffallend; Jedermann hielt sie für seine Schwester.

Als der Jüngling schon längst eingeschlafen war, wachte der Mann noch immer. Er hatte sich im Bett aufgerichtet und sah unverwandt zu dem Schlafenden hinüber, der sich unruhig in seinen Träumen wälzte und häufig abgebrochene Worte lallte. Nur ein schwacher Lichtschein lag auf seinem Haar, der edlen Stirn und der Wange, die dem Fenster zugekehrt war. Doch entging der leidenschaftliche Ausdruck dieser Züge dem Spähenden nicht. Er seufzte bekümmert und ließ dann seinen Blick auf den tiefen Augen des Mädchenbildes ruhen, die in der Dämmerung den Seinen begegneten. Seine Entschlüsse schienen in diesem stillen Verkehr zur Reife zu kommen. Denn bald darauf gab auch er sich dem verspäteten Schlummer hin, und die beiden Menschen in dem kleinen Gemach lagen so friedlich einander gegenüber, als drohe der nächste Tag nicht, ihnen den heftigsten Zwiespalt zu bringen.

*

Um Mittag war's und die Erfrischung, die der nächtliche Regen gebracht hatte, längst aus der Luft wieder hinweggesengt. Jenes Fenster der Frau Anna, das in den Garten sah, stand offen, aber die Vorhänge waren nur wenig zurückgeschlagen, so daß ein purpurnes Helldunkel in dem Zimmer schwebte, in welchem die vollen Wangen der schönen Wittwe besonders jugendlich erschienen. Sie war eben aufgestanden und saß in einem reich geschnitzten Lehnstuhl vor einem Frühstückstischchen, die Zeitung auf ihrem Schooß. Dann und wann hüpfte ein zahmer Canarienvogel auf den Rand der Lehne oder naschte von dem Backwerk. Sie gab auf das zutrauliche Geschöpf nicht Acht. Tiefsinnig starrten ihre besonders edel geschnittenen Augen durch die Oeffnung des Vorhangs auf das Stück Himmel über den letzten Baumwipfeln ihres Gartens, und schlossen sich langsam, wenn sie von der sonnigen Durchsicht zu schmerzen anfingen. Eine kleine Standuhr in schwarzem Marmorgehäuse, auf dem sich zwei silberne Eidechsen verschlungen hielten, tickte gedämpft durch die Stille, und aus der Stadt herüber hörte man das Rollen der Wagen. Um aus Träumen aufzuwecken, wie sie in der vergangenen Nacht das Lager drüben an der Wand umgaukelt hatten, war diese Umgebung allerdings nicht angethan.

Da öffnete sich die Thür, und Margot trat herein. Die besondere Gunst, deren die Alte bei allen Besuchern des Hauses genoß, hatte sie keineswegs körperlichen Reizen zu danken. Sie war sehr früh schon als eine Art Bonne zu dem Kinde gekommen, das jetzt ihre Gebieterin war. Die Jahre hatten die männliche, aber kraftvolle Häßlichkeit ihrer Züge nicht gemildert, und das Bärtchen, das sie aus ihrer Vaterstadt Genf damals nur als einen zarten Schatten mitbrachte, eine nicht unerfreuliche Folie für die vollen rothen Lippen, war mit der Zeit zu einem sehr ärgerlichen und überflüssigen Umfange herangereift. Eine schneeweiße große Haube rahmte das farblose Gesicht ein; die schwarzen Augen verriethen einen Sinn der Klugheit, Treue und Entschlossenheit.

Beim Eintritt der Alten fuhr ihre Herrin aus ihren Betrachtungen auf. Wie spät ist's, Margot? Kommst du zum Frisiren? – Ein Besuch? Ich will Niemand sehen.

Ein Mann, der eine Bestellung hat, wünscht nur auf einen Augenblick –

Ein Mann? Was bringt er?

Ich kenne ihn nicht, aber er will Niemand als Ihnen selbst sagen, was ihn herführt.

Er mag kommen.

Sie veränderte ihre Stellung nicht, und offenbar hatte sie, sobald Margot den Rücken gewandt, völlig vergessen, daß ein Fremder gemeldet worden war. Als Borromäus gleich darauf mit einer ruhigen Verbeugung zu ihr eintrat, erwiderte sie seinen Gruß mit einigem Befremden.

Auch war etwas in seiner Erscheinung, was dieses Befremden nur steigern mußte, je länger sie ihn betrachtete. Mit seinem sehr bescheidenen Anzug, der Margot berechtigt hatte, einen »Mann« anstatt eines »Herren« zu melden, stimmte der sichere, vornehme, fast feindselige Ausdruck durchaus nicht, mit welchem er die schöne Frau musterte. Wer dem kühnen, durchdringenden Blick seiner Augen folgte, der wußte, daß ihm das erste Wort nicht aus Verlegenheit versagte. Er hatte den Mund fest zugepreßt, die eine Hand in der Rocktasche, die andere mit dem Hut auf dem Rücken. So stand die untersetzte, derbe Gestalt mitten im Zimmer, für einen Mann von Welt viel zu formlos, für einen Boten zu herrisch und vordringlich, und fast war es der schönen Frau unheimlich, daß Margot sie mit ihm allein gelassen hatte.

Sie haben eine Bestellung an mich? fragte sie jetzt.

Er schien seine Musterung noch nicht beendigt zu haben, denn sie wartete vergeblich auf Antwort. Ein wenig lauter und ungeduldiger fuhr sie fort: Von wem kommen Sie, und welches Geschäft führt Sie her?

Sie erlauben wohl, daß ich mich setze, erwiderte er; was ich Ihnen zu sagen habe, wird schwerlich so rasch abzumachen sein, wie ich in unser beider Interesse allerdings wünsche. Ueberdies ist es heiß, und ich habe es Ihnen zu danken, daß ich die letzte Nacht weniger, als ich bedarf, zum Schlafen kam.

Er rollte einen großen Sessel nahe an ihr Tischchen heran und nahm ohne Umstände darauf Platz. Sie machte ein Bewegung, als wolle sie aufstehen oder ihm ferner rücken. Er schien es nicht zu bemerken.

Darf ich vor allem Andern bitten, sagte sie rasch, daß Sie mir sagen, wer Sie sind, und was Sie herführt?

Sogleich, gnädige Frau. Der nächste Anlaß meines Besuches ist, nach einem Schlüssel zu fragen, der gestern Nacht wahrscheinlich in diesem Hause verloren worden ist; der weitere: Ihnen zu erklären, warum der Eigentümer sich nicht selber einstellt, das Verlorene wieder in Empfang zu nehmen.

Ein Schlüssel? So viel ich weiß, ist keiner gefunden worden. Aber ich will gleich meine Jungfer fragen.

Es wird vielleicht nöthig sein, auch bei dem Gärtner nachzuforschen, da es nicht unwahrscheinlich ist, daß der Schlüssel auf dem Weg vom Hause an die hintere Gartenthür verloren ging.

Er war gutmütig genug, während dieser Worte auf den Fußteppich zu blicken und ein Stück Zucker aufzunehmen, das der Vogel dorthin verschleppt hatte. Als er darauf sich wieder zu der Wittwe wandte, war auf ihrem Gesicht trotz des rothen Lichtes der Vorhänge eine durchsichtige Blässe zu bemerken.

Im Garten nachzusehen ist unnötig, sagte sie ruhig. Ich hatte gestern Abend eine kleine Gesellschaft, die aber den Garten nicht betrat, auch nicht, nachdem die Herren sich verabschiedet hatten. Meine Dienerin ließ sie alle durch die Hausthür hinaus.

Von dieser Gesellschaft rede ich nicht. Aber Sie empfingen hernach noch Besuch, der sich gegen drei Uhr durch den Garten entfernte.

Mein Herr – ich verstehe nicht – Niemand hat nach elf Uhr dies Haus betreten.

Ich habe dies nicht behauptet. Aber es wäre überflüssig, mir abzustreiten, daß Jemand um drei Uhr das Haus verließ, der vielleicht schon früher sich hier aufgehalten hatte.

Er ließ dabei einen langsamen Blick durch das Zimmer schweifen, in welchem sie sich befanden. Die Wittwe stand auf.

Es ist möglich, sagte sie mit anscheinender Gleichgültigkeit, daß einer meiner Leute, oder der Gärtner selbst irgend wen zu Nacht beherbergt hat. Ich will nachfragen lassen. Wie aber kommen Sie dazu, mit dieser Feierlichkeit bei mir einzudringen, um mir eine so unwichtige Sache mitzutheilen?

Ich sehe, daß es Zeit ist, mich Ihnen zu nennen. Sie werden den Namen Borromäus ohne Zweifel schon gehört haben.

Ich habe Verschiedene dieses Namens gekannt. Sie, mein Herr, sind mir gänzlich fremd.

So sollte er Ihnen nie von mir gesprochen haben?

Wer?

Sie sahen sich einen Augenblick fest in die Augen, als gälte es, wer den Blick am längsten ertrüge. – Gleichviel, warf Borromäus hin, sie hatten ohne Zweifel wichtigere Dinge zu reden. Es ist nachtheilig genug für mich, daß Sie mich erst heute kennen lernen, wo ich Ihnen eine Nachricht bringe, die mich ohne Zweifel wenig empfiehlt.

Er sah wohl, daß eine heftige Unruhe in ihr arbeitete. Aber sie besaß zu viel Herrschaft über sich, um ihr Spiel verloren zu geben. Ich bin bereit zu hören, sagte sie.

Nun denn, gnädige Frau, sie werden heut vergebens auf ihn warten. Mag sich dieser Schlüssel finden oder nicht, derselbe wird nie wieder um drei Uhr Morgens meine Hausthür öffnen, um den Jüngling einzulassen, den Sie längere Zeit auszuzeichnen die Güte hatten.

Sie hatte noch nicht verlernt zu erröthen. Aber sobald sie es selber empfand, daß sie im Begriff war, sich zu verrathen, war sie wieder ihrer selbst mächtig. Sie stand auf mit einer Miene, die jenes Erröthen als die Farbe des Unwillens umdeutete.

Wohin wollen Sie? fragte er, ohne seine ruhige Haltung zu ändern.

Dieses Zimmer verlassen, oder Sie nötigen, sich zu entfernen. Zu lange schon höre ich eine Sprache, auf die ich nichts zu antworten habe. Zum letzten Mal erkläre ich Ihnen, daß ich nichts von alle dem verstehe, was Sie an mich zu bringen wünschten. Suchen Sie die rechten Personen zu Ihren Nachrichten.

Hm! achselzuckte er. Sie ereifern sich sehr überflüssig. Es ließe sich, dächt' ich, gelinder behandeln.

Sie trat dicht vor seinen Sessel hin, in zitternder Bewegung. Was giebt Ihnen einen Recht, sprach sie mit entschiedener Stimme, diese Sprache gegen mich zu führen?

Es ist schade, das ich Ihnen das weitläufig erklären muß, entgegnete er. Hätte Sie Detlef mit seinem Verhältniß zu mir bekannt gemacht, so könnte ich meinen Besuch, der Ihnen lästig ist, erheblich abkürzen. Nun muß ich wohl weiter ausholen.

Ich sehe noch nicht die Notwendigkeit dazu ein. Nichts steht im Wege, daß Sie mich auf der Stelle verlassen.

Was würde es Ihnen helfen? Sobald Sie sich allein sähen, würde Sie die Angst foltern, was dieser abgebrochene Besuch zu bedeuten habe, und Sie gäben Alles darum, mich zurückzurufen und mit abgenommener Maske mich auszufragen. Ich verdenke es Ihnen keinen Augenblick, daß Sie mir noch nicht trauen und für gut finden, Ihre Geheimnisse vor mir zu verschließen. Konnte ich doch auch ein Fremder sein, der durch einen bloßen Zufall zum Mitwisser geworden wäre und nun ein boshaftes Vergnügen daran fände, eine schöne Frau in Verwirrung zu bringen. Aber leider verhält sich die Sache anders. Ein Stück meines eigenen Schicksals hängt an unserem Gespräch, das mir nicht das mindeste Vergnügen macht. Und nicht zufällig bin ich zur Kenntniß der Vorgänge dieser und mancher früheren Nacht gelangt. Es hat mich eine schöne Summe Schlafs gekostet, bis ich die Ueberzeugung in die Hände bekam, daß es nicht studentische Trinkgelage waren, von denen Detlef erst gegen Morgen, nüchtern von Wein und dennoch berauscht, nach Hause kam. Wer vier lange Stunden gestern in dem Gäßchen hinter Ihrem Garten gestanden hat und mit dem Kummer eines Vaters, Bruders und Freundes das Licht in diesem Fenster anstarrte, der hat wohl ein Recht, ein wenig mehr Aufrichtigkeit hier mitzubringen und zu fordern, als sonst bei einer ersten Bekanntschaft üblich sein mag.

Sie scheinen sich nicht wenig darauf einzubilden, daß Sie sich zum Spion erniedrigt haben, sagte sie mit fester Stimme. Aber Sie sollten wissen, daß der Schein trügt. Sie möchten doch wohl ganz umsonst den Schlaf abgebrochen haben.

Wie unähnlich sind Sie Ihrem jungen Freunde! Detlef hat nicht den leisesten Versuch gemacht, mir die Wahrheit, die ich wußte, zu verbergen. Freilich kennt er mich besser und länger, als Sie mich kennen.

Er hätte –? Unmöglich! Sie betrügen mich, Sie denken mich in Ihren feinen Schlingen zu fangen.

Wozu sollte ich mir diese Mühe geben? fuhr er mit einer Art Mitleiden fort. Es bedarf keines Geständnisses von Ihnen, und nicht dazu bin ich hieher gekommen. Es thut mir sogar ein wenig leid für Sie, daß ich Ihnen eröffnen muß, die gestrige Nacht sei die letzte gewesen, wo das Lämpchen dort bis an den Morgen seine Schuldigkeit thun mußte. Sie haben es vorhin überhören wollen. Nun denn, ich wiederhole es: erwarten Sie ihn heute nicht, er wird nicht kommen.

Sind Sie beauftragt worden, mir das zu sagen?

Nein.

Nein? So ist es mir räthselhaft, was diese Worte meinen.

Sie wollen nur sagen, daß Detlef die Schwelle dieses Zimmers nicht wieder betreten wird.

Sie reden sehr bestimmt, mein Herr. Wenn es denn wahr wäre, was Sie fabeln, daß ich einen jungen Mann des Namens, den Sie genannt, bei mir empfangen hätte, wer will mich hindern, dies zu thun, wann und wie oft es mir gefällt?

Wer Sie hindern will? Bis der gesunde Geist, der von Detlef gewichen ist, zurückkehrt – werde ich es hindern.

Sie sind sehr gütig, Herr Borromäus, sehr offen und sehr eigenmächtig. Detlef ist elternlos. Wie maßen Sie sich Rechte über sein Thun und Lassen an? Wer heißt Sie sich in Verhältnisse mischen, die das Urteil der Welt bisher nicht herausgefordert haben?

Ich könnte Ihnen hierauf erwiedern, daß ich allerdings die besten und anerkanntesten Rechte auf eine solche Einmischung habe. Die vormundschaftliche Gewalt über den Knaben ist verbrieft und besiegelt mir in die Hand gegeben worden, als die Mutter starb. Aber ich bin selbst meiner Zeit ein zu ungebundener Kamerad gewesen, der seinen Vormündern so manchen Possen spielte, als daß ich jetzt diese pedantische Autorität in Anschlag bringen sollte. Was aber mehr ist, gnädige Frau, und auch in Ihren Augen mehr gelten muß: ich habe den Jungen lieb, wie mein eigen Kind, wie meinen Freund, meinen einzigen Bruder, wie eine Schwester, wenn Sie wollen. Wer ihm etwas zu Leide thut, den betrachte ich als meinen Feind, und wenn ich Gründe habe, ihn nicht von vorn herein zu hassen, so beeile ich mich doch, ihn zu warnen, daß er meinem Haß beizeiten ausweichen möge.

Ich sehe immer mehr, sagte sie rasch, daß Sie sich in der Person irren. Die Feindseligkeiten gegen Ihren Schützling, die Sie mir andichten – die Drohungen, die Sie mir entgegenschleudern –

Es steht in Ihrem Belieben, gnädige Frau, einen Scherz aus einer sehr ernsthaften Sache zu machen. Schade nur, daß es nicht lange dauern wird. Denn ich bin in allem Ernste gesonnen, mir meine einzige Lebensfreude nicht von Ihnen zu Grunde richten zu lassen.

Sie widersprechen sich selbst. Sie lehnen eine Vormundschaft ab, um ein Besitzrecht dafür einzutauschen.

Und machen Sie ein solches nicht ebenfalls geltend? Giebt nicht jede Liebe dieses Recht oder doch diesen Anspruch? Nun denn, meine Liebe zu dem Jungen ist wohl die Ihrige werth.

Liebe giebt nur Rechte, wenn sie erwiedert wird.

Sie irren, gnädige Frau: die bessere Liebe giebt das bessere Recht!

Und wer entscheidet darüber, welche die bessere sei? Nicht ihr Gegenstand allein?

Wenn er noch klar genug steht, um zu erkennen, welche Liebe die uneigennützigere sei. Sonst aber nur das heilige Bewußtsein dieser Uneigennützigkeit selbst.

Und wenn nun Jeder von uns behauptete, dies Bewußtsein stärker in sich zu tragen? Fiele dann die Entscheidung nicht dennoch wieder an den Dritten zurück?

Mit Behauptungen ist hier nichts gethan. Erwiesen muß es werden. Und können Sie das, gnädige Frau? Ich denke nicht gering von Ihnen. Ich will glauben, daß Sie an nichts Anderes gedacht haben, als an Ihre Liebe, daß die Rücksicht, ob ihm dieselbe Heil oder Unheil bringen würde, nie in Ihnen aufgetaucht ist. Ich am wenigsten darf mich wundern, daß selbst eine Frau von Ihren Jahren und Ihrer Lebenserfahrung kopfüber sich in eine Leidenschaft für diesen Jüngling stürzen konnte. Auch ich bin kein Moralist, der Ihnen ein Gewissen daraus machte, in der Gesellschaft für einen Spiegel der Sitten zu gelten und nur jenes Lämpchen dort zum Zeugen zu nehmen, daß Sie sich noch jung genug fühlen, um Ihrem Herzen den Zügel schießen zu lassen.

Mein Herr –

Unterbrechen Sie mich nicht, legen Sie meine Worte nicht auf die Wage geselliger Schicklichkeit. Das Geheimniß, das wir mit einander theilen, überhebt uns dessen. Ich darf Ihnen sagen, ohne Furcht, sie zu beleidigen, daß ich Sie dennoch für zu alt halte, um einen jungen Menschen, wie Detlef, in den Jahren, wo er bessere Dinge zu thun hätte, sich ans Herz festzuklammern und ihm mit dem unbefangenen Frohsinn eines freien Gemüthes die Lust an seiner eigenen geistigen und sittlichen Entwicklung zu rauben. Und Sie wollen behaupten, dies sei uneigennützig?

Er sah sie an, als erwarte er eine bestimmte Antwort hierauf. Sie aber lag im Sessel, die kleinen Füße über einander gestreckt, die schönen Arme, von denen die weißen Aermel zurückgefallen waren, auf die beiden Lehnen des Sessels gestützt, während sie einen zierlichen Ring von der Form einer goldenen Schlange bald vom Finger streifte, bald zwischen Daumen und Zeigefinger hielt und den Himmel dadurch beschaute, bald ihn in der Hand wog, ob er nicht schwerer wiege, als die Worte, die sie mit anhören mußte. Sie schien ihre bloße Gegenwart für die beste Antwort auf die Beschuldigung zu halten, daß sie einen Jüngling, den sie liebte, unglücklich mache. In ihren nachdenklichen Zügen, die vorher von mühsam verhehlter Aufregung geflackert hatten, zuckte jetzt eine fast behagliche Schalkhaftigkeit. Sie hatte nie jünger ausgesehen, als in diesem Augenblick, wo man ihr ihre Jahre vorrechnete.

Sprechen Sie weiter, sagte sie. Es ist immerhin, wenn man auch schon eine alte Frau ist, lehrreich, einen erfahrenen Mann über Erziehung sprechen zu hören. Ich habe keine Kinder und so fehlte mir bis jetzt der Anlaß, darüber nachzudenken. Seien Sie ganz offen gegen mich und so unhöflich wie Sie wollen. Ich halte es gern dem Schmerz eines Pädagogen zu Gute, dem ein zwanzigjähriger Zögling nachgerade aus der Zucht zu wachsen droht.

Es ist unnötig, erwiederte er trocken, daß Sie Ihren Witz vor mir spielen lassen, gnädige Frau. Ich habe nie daran gezweifelt, daß Detlef mit den gewöhnlichen Netzen nicht zu fangen, geschweige zu fesseln wäre. Vor solchen ihn zu hüten, habe ich kaum der Mühe werth gehalten. Und wenn er sich in solchen ja einmal verstrickt hätte, wäre ich sicher gewesen, daß es meines Eingreifens nicht bedurft hätte, um ihn bald wieder frei zu machen. Eine Liebschaft, wie junge Leute sie in der Regel anspinnen, scheint mir sogar für die Erziehung förderlich. Wie will man lernen, sich von den Weibern zu emancipiren, wenn man ihnen fern bleibt? selbst aus den mancherlei unsauberen Tiefen, in die man bei dieser Gelegenheit Gefahr läuft zu versinken, arbeitet sich ein kräftiges Naturell an seinem eigenen Schopf wieder empor. Ich würde ruhiger geschlafen haben, wenn ich den Jungen bei irgend einer gefälligen Schönen oder im Garten eines guten unschuldigen Bürgermädchens promenirend gewußt hätte. Daß er seine Nächte in diesem Gemach zubringt, werde ich dagegen nicht dulden, es koste was es wolle.

Eine hohe Röthe überflog ihre Stirn. Sie bleiben mir Ihre Gründe schuldig, sagte sie mit erzwungener Fassung. Ich habe Ihnen schon zu viel zu sagen erlaubt, als daß mich *Worte* von Ihnen noch kränken oder auch nur treffen könnten. Gegen Ihre *Handlungen* werde ich mich zu wahren wissen.

Was fragen Sie nach meinen Gründen? erwiederte er. Sie wären die erste Frau, bei welcher Gründe etwas vermöchten gegen Neigungen und Bedürfnisse. Selbst wenn ich Ihren Verstand völlig überzeugt hätte, daß Sie Detlef zu seinem Unheil lieben, würde Ihr Herz sich dadurch nur einen Augenblick irre machen lassen?

Es käme auf den Versuch an.

Sie lächeln, gnädige Frau. Dieses Lächeln, das Ihnen so gut steht und dessen Macht Sie kennen, soll meinen Gründen von vorn herein die Spitze abbrechen. Einmal soll es Zeugniß dafür geben, daß Ihnen der Versuch, Ihr Herz irre zu machen, sehr thöricht vorkommt, dann aber beweisen, daß Sie noch jung und schön genug sind, um das Unheil ruhig erwarten zu können. Zufällig aber bin ich doch noch älter als Sie, und zehn Jahre machen einen Unterschied. Ich weiß aus Erfahrung, daß ein Vierziger oder eine Vierzigerin nach zehn Jahren fünfzig alt geworden ist und sich das Gefühl, die Jugend verloren zu haben, nicht mehr hinweglächeln kann.

Ehe Sie weiter reden, mein Herr, muß ich Ihnen bemerken, daß Sie sich trotz Ihrer Erfahrung über mein Alter täuschen.

Mag sein, erwiederte er gleichgültig. Einige Jahre mehr oder weniger fallen nicht ins Gewicht bei dem, was ich zu sagen habe. Glauben Sie mir indeß, daß Sie sehr mit Unrecht meine Erfahrung in diesem Falle bespötteln. Es ist nicht das erste Mal, daß ich mit ansah, wie eine Frau, welche die Mutter ihres Liebhabers hätte sein können, wenn er gewissenlos war, oder auch nur mit der Zeit die Unnatur des Bündnisses empfand, elend wurde, oder wie sie ihn elend machte, wenn er sich scheute, alte Bande der Treue zu sprengen. Im letzteren Fall sind Sie. Das Gemüth, das Sie an sich gezogen haben, ist zu ritterlich, um Ihnen abtrünnig zu werden. Wenn die Leidenschaft verlodert ist, werden Dankbarkeit und Treue sich an das Aschenhäuschen lagern und die Kohlen schüren.

Sie irren, mein Herr! Sie vergessen mich ganz. Niemand kann ferner davon sein, als ich, eine Neigung, die entflieht, festhalten zu wollen. In diesem Falle –

Haben Sie diesen Fall jemals bedacht? Kommt er Ihnen jetzt, wo Sie ihn ins Auge fassen, auch nur möglich vor? Aber wie sollte er! Habe ich Ihnen doch gleich zu Anfang zugestanden, daß Sie an nichts dachten, als an die Gegenwart Ihres Besitzes. Bestreiten Sie mir dies nicht. Darauf vor Allem beruht meine Teilnahme für Sie. Sie deuten mit Ihren Geberden an, daß Ihnen diese Teilnahme höchst gleichgültig, ja überhaupt verdächtig ist. Ich dränge sie Ihnen nicht auf. Aber sie allein ist die Ursache, weshalb ich so freundschaftlich mit der Frau spreche, die mir meinen Liebling gefährdet hat. Ich hätte Ihnen schriftlich mittheilen können, daß ich dies Verhältniß gelöst wünsche. Aber es schien mir schonender, die Lösung in Ihre eigene Hand zu legen.

In meine Hand?

In die Ihre, gnädige Frau. Wenn es wahr ist, daß Sie eine uneigennützige Liebe für Detlef hegen, nun wohl, so thun Sie den ersten Schritt, ihn frei zu geben.

Er war aufgestanden und hatte die Arme auf die Lehne seines Sessels gestützt. Sie aber lag noch wie zuvor und schien einzig auf das Hin- und Herfliegen des Kanarienvogels zu achten. Das seltsame Geschöpf! sagte sie jetzt wie für sich. Warum bleibt es nur hier im Zimmer? Draußen scheint die Sonne und das Fenster steht auf. Auch habe ich ihm die Flügel durchaus nicht gestutzt. Es kommt wohl, weil es an mich gewöhnt ist.

Oder an den Zucker auf Ihrem Tisch, warf er ruhig dazwischen. Lassen Sie ihn die Schaale leer genascht haben, und es ist die Frage, ob es ihm ferner hier gefällt.

Sie zuckte unwillig zusammen und stand nun ebenfalls auf. Ihr Gesicht glühte, ihr reiches blondes Haar schüttelte sie zurück, Borromäus sah, wie ihre Brust leidenschaftlich wallte. Nun trat sie ans Fenster und stand, ihm den Rücken wendend, zwischen den rothen Vorhängen. Sie dachte offenbar sich erst zu sammeln, ehe sie ihr letztes Wort sagte. Aber es half ihr nichts, daß sie sich seinem Blick entzogen hatte. Es verwirrte und bedrängte sie nur noch mehr, daß sie nicht den Muth fand, sich wieder zu ihm zu wenden. Und so klang es fast wie ein Selbstgespräch, als sie wieder zu reden begann, halblaut, hastig und ohne Verknüpfung.

Was verlangen Sie von mir? Was muthet man mir zu? Es ist nicht wahr, daß ich ihn immer festhalten würde, und könnte es mir gelingen? Braucht man mir erst zu sagen, daß ich nicht mehr jung genug bin, um ein Leben mit ihm zu theilen? Hätte ich ihn sonst nicht zu meinem Mann gemacht? Ich weiß wohl, ich gebe ihm den Rest meiner Jugend und er mir den Schaum. Wen aber kümmert's, wenn er glaubt, daß er bei dem Tausche nicht übervortheilt wird? Wer überhaupt darf sich erdreisten, das Schicksal eines Anderen eigenmächtig nach seinem Belieben in die Hand zu nehmen? Mir wirft man vor, daß ich ihm das Leben zu zerstören Willens sei, mir, die ich mit keinem Wort oder Blick mich über ihn stelle. Da Sie denn so tiefe Erfahrungen in Betreff der Frauen gemacht haben, sprach sie, sich rasch zu ihm umwendend, sollten Sie billig Waffen, daß eine ältere Frau vor dem jüngeren Manne zum Kinde, zur Sklavin, zum willenlosen Geschöpf seiner Phantasie sich demütigt, nur um ihm jeden Gedanken fern zu halten, daß sie ein reiferes Leben hinter sich habe. Und ich sollte mich zwischen ihn und seine Zukunft drängen? Sehen Sie mir ins Gesicht und wiederholen Sie, daß es wirklich diese Furcht ist, die Sie zu mir geführt hat. O ich lese etwas ganz Anderes auf Ihren Zügen: Mißgunst, Neid, Eifersucht! Sie ertragen es nicht, daß er Ihnen nicht mehr allein angehört. Ihre Tyrannei über ihn war so süß, so belohnend, Ihr Leben so ausfüllend. Nun kommen Sie unter den nichtigsten Vorwänden, den Entflohenen bei mir zu suchen, ihn von mir zurückzufordern. Aber ich gebe ihn nicht heraus und lasse es darauf ankommen, ob er freiwillig geht.

Ich hatte dies erwartet, sagte er, während sie sich wieder dem Fenster näherte. Auch ist es begreiflich, daß eine Frau, die sich um eines Mannes willen compromittirt hat, nun wenigstens etwas davon haben will. Eine besondere Hochherzigkeit, die freilich zu guter Letzt nur ihr eigener Vortheil wäre, darf man von einer solchen Frau nicht verlangen.

Sie trat rasch wieder vor ihn hin, mit einer Heftigkeit, vor der selbst seine eiserne Ruhe nicht völlig Stand hielt. Mit großen Augen funkelte sie ihn an, ihre Lippen bebten. Eine solche Frau! sprach sie, seinen wegwerfenden Ton nachahmend. Was wissen Sie von solchen Frauen, von einer, wie sie hier vor Ihnen steht? Eine Handvoll höhnischer Gemeinplätze, auf Unkosten unseres Geschlechts von einem müßigen Narren ersonnen, der vielleicht Grund hatte, sich an uns Wehrlosen zu rächen – das ist die ganze Erbweisheit, nach der ihr »die Weiber« zu messen pflegt. Mögt ihr doch! Wir geizen nicht nach der Ehre, von euch verstanden zu werden; es genügt uns, daß wir euch verstehen. Aber seltsam bleibt es doch immer, daß selbst ein so großer Menschenkenner, wie Sie, mein Herr, die Geliebte seines Freundes damit abzuurtheilen meint, wenn er sie einfach eine Frau nennt, die sich compromittirt habe. Vor wem hätte ich das gethan? Vor Detlef? Oder vor Ihnen, der Sie es noch oben begreiflich fanden, daß man Ihren Liebling liebenswürdig finden müsse?

Denn wer sonst kennt das Geheimniß, das nur Sie mit schonungsloser Härte ans Licht gezerrt haben?

Lassen Sie es älter werden, und man wird es kennen.

Dies, dächte ich, wäre meine Sorge. Es ist wenigstens Ein Vortheil meiner sechsunddreißig Jahre, daß Niemand mehr berufen ist, für meine Aufführung einzustehen, als ich selbst. Und wenn ich nun mich compromittiren *wollte*, wer hätte Einspruch zu thun? Was hat mir die Gesellschaft bisher gegeben, daß ich ihr Urtheil schonen, ihre Gesetze unbedingt für die höchsten achten müsse? Welche Pflichten verletze ich, wenn ich endlich, ehe es allzu spät ist, mein Recht an ein eigenes Glück, an ein Leben, das den Namen verdient, geltend mache? Wer entschädigte mich, wenn ich thöricht genug wäre, das erste wahrhafte Gut, das mir der Himmel gönnen wollte, von mir zu stoßen, weil es zu spät sei, es mir für *immer* anzueignen? Entschädigt mich die Gesellschaft und der gute Ruf, den mir dieses selbstzerstörende Heldentum eintragen würde? Oder soll mir das Bewußtsein jener Hochherzigkeit, die Sie mir aufreden möchten, ein Ersatz sein, wenn ich von neuem einsam und unglücklich mein Leben hinschleppe? Sie sagen, meine Jugend sei vorüber. Sie täuschen sich. Ich habe sie nie besessen, ehe ich Detlef besaß. Zurückgedrängt in einen armen Winkel meiner Brust hat sie lange Jahre auf den Tag der Befreiung gewartet. Wenn das Gefühl, *Pflichten* zu erfüllen, ein Herz befreien könnte, so hätte ich es erfahren müssen. Es war umsonst, alle Opfer haben die Last von meiner Seele nicht hinwegwälzen können. Und nun, da ich endlich aufathme und ein erstes und letztes Glück in meinem Arm halte, fordern Sie mit dem kalten Ton der üblichen Weltklugheit, daß es mir irgend wichtig sein soll, ob ich mich compromittire oder nicht?

Er sah sie nicht an, während sie sprach, als fürchte er, daß ihre Augen ihn mehr überreden möchten, als ihre Worte. Doch schon ihre Stimme verrieth ihm, daß diese Augen in Thränen standen. Frau Anna, sagte er und blickte ernsthaft auf das Polster seines Sessels, es ist nicht vorsichtig von Ihnen, daß Sie mich zum Vertrauten machen. Je liebenswürdiger Sie mir dabei erscheinen, desto verlorener ist Ihre Sache.

Ihre spöttischen Komplimente, mein Herr, machen die Ihrige nur gehässiger.

Ich meine es in allem Ernst, wie ich es sage, fuhr er fort. Hätte ich, wie ich fast dachte, eine Madame Warens in Ihnen gefunden, so könnte noch davon die Rede sein, Detlef sich selbst und Ihnen zu überlassen. Ueber kurz oder lang bräche das Verhältniß durch seine eigene Hohlheit und Lüge zusammen. Nun aber sehe ich immer klarer, daß in den nächsten zehn Jahren dies unselige Band sich nicht von selber lösen wird. Und so bestehe ich darauf, es zu zerreißen.

Sie haben mir vorgeworfen, gnädige Frau, daß ich aus Eifersucht Ihr Glück Ihnen mißgönnte. Es mag so etwas mit im Spiele sein. Aber damit Sie nun auch mein Recht auf Detlef nicht geringer anschlagen, als ich das Ihrige, will ich Geständniß mit Geständniß aufwiegen.

Wie Sie mich da sehen, werden Sie nichts mehr an mir finden, was mich Ihrem Geschlechte gefährlich machen könnte. Dennoch stand ich einst in dem Rufe, ein arger Tugendfeind zu sein. Es ist freilich an dreißig Jahre her. Und wie es so geht, dieser Ruf selbst half mir dazu, ihm Ehre zu machen. Da sah ich eines Tages ein Mädchen, dessen stiller Blick mich zum ersten Mal aus der Fassung brachte. Ich will kurz sein. Ich wurde ein anderer Mensch; aber leider war mein Ruf hartnäckiger als ich und wollte sich nicht mit mir zugleich ändern. Als die Eltern meiner Verlobten Genaueres von meiner Vergangenheit erfuhren, wiesen sie mich höflichst an die Frauen und Mädchen, die ältere Rechte auf mich hätten. Das Aergste war, daß sie selbst nicht an mir verzweifelte: welcher Arzt gäbe seinen Kranken, der alle Hoffnung auf ihn setzt, leichtsinnig auf? Aber sie war mehrere Jahre später, als ein Anderer den Segen der Eltern davontrug, ergeben genug, einzuwilligen, und ich am wenigsten durfte es ihr verdenken. Darauf fuhr ich in der Welt herum und dünkte mir mit Gott und Menschen unversöhnlich zerfallen zu sein. Ich war wohlhabend und ohne Familie. Mein Streben ging dahin, in möglichst kurzer Zeit den letzten Pfennig zu verschleudern und dann – meine Pistolen reisten immer mit mir.

Eines Tages, als ich aus einer Spielgesellschaft nach Hause kam, wo ich durch einen großen Gewinn meinem Ziele wieder ferner gerückt worden war, finde ich einen Brief von unbekannter Hand auf meinem Zimmer. Ein Arzt schrieb mir im Auftrage jener Frau, daß sie mich bitten lasse, zu ihr zu reisen. Ich erfuhr jetzt erst, ihr Mann sei vor einem Monat aus Kummer über den Verlust seines Vermögens gestorben und sie selbst dem Tode nahe. So fand ich sie denn auch, sie hatte nur noch wenige Tage zu leben. An ihrem Bette saß ihr achtjähriger Knabe; sie übergab ihn mir, sie hatte das Vertrauen zu mir, daß ihn Niemand mehr lieben würde, als ich, und auch mein Gespräch mit Ihnen, gnädige Frau, hat mich nicht überzeugt, daß jenes Vertrauen irrig gewesen wäre. Zwölf Jahre habe ich dieses Erbe besessen und verwaltet. Ich wußte seitdem, wozu ich auf der Welt war. Meine Pistolen liegen im Schrank bei einem vergilbten Kartenspiel. Wollen Sie mir Beides wieder in die Hand drängen? Dahin soll es nicht kommen.

Ich werde noch einen Versuch machen, fuhr er fort, um Detlef selbst zu überzeugen, daß es zu seinem Besten gereicht, Sie nicht wiederzusehen. Wie ich ihn kenne, werde ich diesmal wenig über ihn vermögen. Man hat in seinen Jahren überspannte Begriffe von dem, was man den Frauen, und zu geringe von dem, was man sich selber schuldig ist. Auch würde es nichts helfen, wenn ich ihn in eine andere Universitätsstadt brächte. Was hinderte Sie, ihm nachzureisen, oder ihn, mich zu verlassen? Bei Seiner leidenschaftlichen Natur wäre ein solches Gewaltmittel das allerverkehrteste. Und darum sage ich noch einmal, es liegt in Ihrer Hand, gnädige Frau, uns alle drei wieder in das gesunde Verhältniß zurückzuführen. Sie sind unabhängig. Nichts steht im Wege, daß sie diese Stadt auf einige Zeit verlassen. Mit wie anderen Gefühlen werden Sie sich jetzt von ihm trennen, freiwillig und nur sein Bestes vor Augen habend, als wenn Sie in späteren Jahren durch den rasch wachsenden Unterschied des Alters von ihm geschieden würden!

Er schwieg und erwartete ihre Antwort. Sie lag wieder in ihrem Sessel, das Gesicht mit beiden Händen bedeckend, und regte sich nicht; indem sie die Augen geschlossen hielt, schien sie das Bild des Jünglings vor ihre Seele zu rufen, um sich zu fragen, ob es möglich sei, auf ihn zu verzichten. Der Vogel war in seinen Käfig zurückgeflogen und schmetterte, auf der Stange sitzend, heftig seine eintönigen Triller. Da trat Margot herein, einen Brief in der Hand, den sie ihrer Herrin stillschweigend in den Schooß legte. Die Alte warf einen Blick auf Borromäus, der ihm andeuten sollte, daß er seinen Besuch aufs Eiligste enden möge, da wichtigere Dinge die schöne

Frau abriefen. Ihre gute Absicht schlug fehl. Borromäus hatte die Aufschrift des Briefes erkannt und deutete mit einer gebieterischen Handbewegung der treuen Dienerin an, daß sie sich zu entfernen habe. Sobald sie hinaus war, trat er in großer Bewegung an das Tischchen der schönen Frau.

Sie haben nicht nöthig, das Blatt vor mir zu verbergen, sagte er lebhaft. Es kommt von ihm, ich weiß es. Ich habe ihm das Wort abgenommen, nicht eher auszugehen, als bis ich zurückkäme. Er weiß nicht bestimmt, daß ich zu Ihnen ging. Er wird Sie vor mir warnen wollen. Aber ich beschwöre Sie, lassen Sie das verliebte Geschwätz, das er in seiner Kopflosigkeit aufs Papier geworfen haben mag, nicht Herr werden über die Stimme der Vernunft, die schon in Ihnen zu reden begann. Geben Sie –

Das Wort versagte ihm plötzlich, denn ihr Gesicht, das jetzt zu ihm emporsah, über und über glühend und leuchtend, die Augen, die durch die zerdrückten Thränen ihn anglänzten, die hastige Geberde des Entzückens, mit der sie den Brief in ihrem Busen verbarg – das Alles sagte ihm hinlänglich, daß jede Frucht dieser Stunde vernichtet sei – sie sprang auf und ging, als wäre sie allein im Zimmer, mit halb schwebenden Schritten umher; sie trat vor den Spiegel und lachte hinein wie ein Kind, ihr Morgenhäubchen war ihr auf den Nacken herabgeglitten, die Flechten auf der einen Seite völlig gelöst, sie schien es auch im Spiegel nicht zu bemerken.

Sind Sie noch hier? sagte sie endlich fast verwundert, als eine unmutige Bewegung des Mannes sie an ihn erinnerte. Haben Sie mir noch etwas zu sagen? Ich bitte sehr, daß Sie dann eine andere Zeit dazu wählen. Ich bin im Augenblick beschäftigt, wie Sie sehen, ich bedaure wirklich –

Ich gehe, sagte er mit scharfem Ton. Ich habe schon zu lange gestört und konnte doch wissen, daß es vergebens sei. Sollten Sie, was ich kaum glaube, noch im Laufe dieses Tages eine Nachwirkung unseres Gesprächs verspüren, so bitte ich, es mich schriftlich wissen zu lassen. Es könnte doch noch auf meine Entschließungen von Einfluß sein. Was aber nun auch kommen mag, das Zeugniß werden Sie mir hoffentlich geben, daß ich mich nicht übereilt habe, die Lösung des Wirrsals in *meine* Hand zunehmen. Leben Sie wohl!

Er verneigte sich und ging. Als sie sich allein sah, zog sie mit zitternder Hand den Brief wieder hervor, drückte ihn an die Lippen, las ihn von Neuem, und Margot, die besorgt wegen des seltsamen Besuchs ins Zimmer stürzte, fand sie in Thränen aufgelöst, in denen die Beklommenheit dieser Stunde und die Seligkeit des ihr neu versicherten Glückes sich zugleich Luft machten.

*

Borromäus kam nach Haus und fand den Jüngling in der mittleren Stube auf dem Sopha sitzend, in Hemdärmeln und Sporenstiefeln, das Mützchen auf dem Kopf. Er schien schon im Begriff gewesen zu sein, der Haft zu entfliehen, und plötzlich, seines gegebenen Wortes eingedenk, den Rock abgeworfen zu haben, um sich ans Zimmer zu binden. Sein Gesicht veränderte sich nicht, als Borromäus eintrat. Ein stilles Brüten, das darauf gelegen, verschwand nicht von seinen Augen und Lippen. Er hatte ein Blatt vor sich, auf dem er mit Bleistift Figuren und Köpfe kritzelte; welches Bild ihm dabei vorschwebte, war selbst aus den unbeholfenen Strichen nicht zu verkennen. In dieser Beschäftigung fuhr er emsig fort, als er längst nicht mehr allein war. Doch war sein Blick nicht mehr bei den Bewegungen seiner Hand, sondern wie nach innen gekehrt. Was Borromäus that, schien er nur mit dem Ohr zu verfolgen.

Der Andere war stillschweigend eingetreten, hatte ebenfalls den Rock abgestreift und dann die Fenster geschlossen, durch welche die Mittagsschwüle breit hereinströmte. Alle seine Geberden hatten etwas Rasches, Nachlässiges, ja Vernachlässigtes, wie von einem Menschen, der sich lange entwöhnt hat, die Augen der Welt auf sich gerichtet zu fühlen. Sein dünnes Haar, blond und stark angegraut, lag zerstreut um die Schläfen, den Bart hatte er mehrere Tage lang nicht scheeren lassen. Die feine Wäsche, die er trug, zeigte, daß er schnupfte, und so lag auch auf den Büchern, auf dem Tisch und am Fußboden überall Tabak verstreut. Er zündete eine Cigarre an und zerbiß sie während des Rauchens mit solchem Eifer, daß sie an beiden Enden zugleich verbraucht wurde. So trieb er es eine ganze Weile, ohne Detlef anzureden, indem er bald ein Buch nahm und einige Seiten las, aufmerksam genug, um ein paar Druckfehler sofort anzumerken, bald die Cactustöpfe am Fenster beschaute und die welken rothen Blüthen leise mit der Hand abstreifte. Erst als er mit der Cigarre fertig war und sie hinter den Ofen warf, sagte er: Ich war bei der Wittwe, mein Junge. Es ist mir lieb, daß ich kein gewöhnliches Weib in ihr gefunden habe. In anderer Hinsicht ist es mir wieder unlieb. Es wird dir nicht ganz leicht werden, dich von ihr fern zu halten; um so mehr wird es dir Ehre machen, und du trägst von dieser Liebschaft wenigstens keine niedrige Erinnerung davon.

Borromäus, sagte der Jüngling, der immer fortfuhr zu zeichnen, sprich anders von ihr, oder du treibst mich aus dem Zimmer.

Anders? Ich dächte, du könntest damit zufrieden sein, daß ich nicht wegwerfend von ihr rede. Ich will dir auch noch den Gefallen thun zu sagen, daß sie eine sehr liebenswürdige Frau ist. Darum taugt sie immer noch nicht für dich, mein Junge, und mit einiger Vernunft solltest du es einsehn können. Aber da es dir, wie sehr verzeihlich ist, in diesem Augenblicke daran fehlt, so erlaube, daß ich Vernunft für Zwei habe, und folge mir und erinnere dich, daß du mir schon sonst, nicht zu deinem Schaden, gefolgt bist.

Der Jüngling warf das Blatt weg und stützte den Kopf in beide Hände, die braunen Haare fielen dicht darüber. Nein, nein, sprach er dumpf, es ist Alles vergebens, Borromäus; du quälst uns Beide nutzlos und änderst nichts. Meine Ehre steht auf dem Spiel, auch wenn ich mein Herz zum Opfer bringen wollte.

Du sprichst, wie jeder junge Mensch in deiner Lage sprechen würde, erwiederte Borromäus sanft. Aber du weißt nicht, was du sprichst. Jedes richtig beschaffene Herz setzt seine Ehre darein, nichts gegen sein innerstes Gefühl zu thun. Könnte dein Herz schon jetzt den Gedanken dieses Opfers fassen und ertragen, so würde es nicht glauben, dadurch an seiner Ehre zu sündigen.

Ich verstehe dich nicht. Ist das Bündniß, das du zerstören willst, nicht von beiden Teilen geschlossen? Darf es der eine, der stärkere Theil brechen, ohne ehrlos zu werden? O Borromäus, Gott weiß, was ich darunter leide, zum ersten Mal in meinem Leben mit dir, gerade mit dir in offenem Widerspruch zu stehen. Aber wenn auch das Band zwischen mir und dir älter ist, – an sie bin ich gebunden mit Allem, was Himmel und Erde aufzubieten haben, um aus zwei Schicksalen eines zu machen.

Mit Allem? Das Band der Ehe fehlt.

Um so fester halten wir uns, um so fester hält außer der Liebe das Gewissen.

So lange es eben hält. Nein, mein Junge, du sollst mir nicht Recht geben, nicht freiwillig Ja sagen, nur dich zwingen lassen und einem Willen stillhalten, der doch wahrlich bis auf diesen Tag nur dein Bestes gewirkt hat. Wenn Jemand um seinen Verstand kommt und

in Raserei verfällt, entehrt es ihn, daß ihn der Arzt ans Bette fest-
binden läßt? Er weicht der Gewalt, und wenn er genesen ist, ist er
wieder so werth, ein freier Mensch zu heißen, wie zuvor.

Du schlägst mir vor, erwiederte der Jüngling, daß ich in einen
Selbstbetrug willigen, mir einbilden soll, ich würde zu etwas ge-
zwungen, was Götter und Menschen mir nicht abtrotzen können
ohne meinen eigenen feigen Entschluß. Du weißt selbst, Borromäus,
daß alle Macht, die du über mich hast, nichts vermag gegen *dies*
Gefühl, das mich plötzlich mündig gemacht und auf mich selbst
gestellt hat. Vergieb, daß ich so rede, daß ich die langen Jahre, in
denen ich dir allein angehörte, auszustreichen scheine, als wögen
sie nichts gegen das, was ich Anna schuldig bin. Das ist das Furcht-
barste an meiner Lage, daß ich mir selbst undankbar vorkommen
muß, daß ich –

Schweig davon! unterbrach ihn Borromäus lebhaft. Du weißt, daß
ich diesen Ton zwischen uns nicht dulde. Was hättest du mir zu
danken gehabt, das du nicht im Augenblick durch Alles, was du
mir bist und warst, vollauf wett gemacht hättest? Heut zum ersten
Mal komme ich in den Vortheil gegen dich. Denn ich rette dich aus
einer großen Noth auf die Gefahr hin, dich auf lange mir abwendig
zu machen. Und auch das wird dein späterer Dank wieder ausglei-
chen, den ich dann nicht zurückweisen will, denn er soll mir die
Schmerzen dieser Tage vergüten.

Sie schwiegen eine Zeitlang. Der Jüngling hatte sich zurückge-
lehnt und hielt mit der Linken seine Stirn, als drohe sie zu springen.
Nein, sagte er, du *kannst* es nicht begreifen, du hast kälteres Blut,
die Jahre haben es abgekühlt. Du nennst es eine Liebschaft, du
meinst, ich könne sie verlassen und fortleben und mich hinter die
Bücher setzen, als wäre nichts geschehen. O Borromäus, du weißt
nicht, was sie mir geworden ist, wie sie mir jeden Sinn erst aufge-
schlossen hat, wie hell es um mich wurde und nur das ein dunkler
Flecken blieb, daß ich dich in mein Glück nicht einweihen durfte!
Wenn du es ahntest, was du dir selbst damit zerstören willst, ließest
du uns gewähren, und da es doch nicht anders sein kann, hättest du
deine Freude daran.

So lange der Rausch währt. Und wenn er verflogen ist, was dann?
Wenn sie dir die erste Blüte gestohlen hat und ihr steht nun neben

einander, Jedes vom Andern zurückfordernd, was nicht mehr zurückzubringen ist – was dann? Meinst du, daß sie dich je freigeben wird, wenn längst nicht mehr das Herz, sondern nur noch ein kahler Wahn von Pflicht und Ehre dich an sie fesselt, und dir nun eines Tages das Geschöpf begegnet, das die Natur und die Jugend selbst für dich geschaffen haben? Glaube es, Kind, alles Verkehrte im Leben, wenn es auch scheinbar durch seine Widersprüche die Entwicklung beschleunigt, indem es überreizt, es rächt sich einmal. Es verkehrt den geraden innern Sinn und Instinct für alle Dinge dieser Welt. Es verbirgt und verdirbt jede Sicherheit der Natur; es bricht dem frohen Muth, der der gute Genius eines Menschenlebens ist, die Flügel. Ich weiß wohl, welchen Reiz eure Heimlichkeit hat. Aber das Schlimmste dabei ist, daß euch das Geheimniß nicht allein wegen der Weltsitte nöthig scheint, sondern weil euer Dunkel zugleich euch selbst den Bruch mit der Natur, die Gleich und Gleich gesellt, verschleiert.

Bist du nicht, fuhr er fort, schon nach diesen kurzen Wochen ein Anderer geworden? Hatten die Studien, die dir sonst Freude machten, noch den geringsten Reiz für dich? Wie im Traum bist du herumgegangen, ganz ausgefüllt von der einen Sehnsucht, blind gegen alle Ziele, die dich sonst begeisterten. Es ist nicht zu verwundern. Du gehörtest der Jugend nicht mehr an, du warst der Genosse eines fertigen Lebens, das noch eine kurze Nachblüte dir zu schauen gab, deren Duft und Glanz dir den Kopf verwirrte. Und wenn dies Schauspiel sein rasches Ende gefunden hat, wer giebt dir die verlorene Unbefangenheit wieder? Du hast dann zu viel vom Ende alles Schönen gesehen, um noch die Illusionen zu bewahren, ohne die ein jedes Streben in der Wurzel verdorrt. Und wenn du dann dich losreißest, um der Selbsterhaltung willen, und dich auf das Recht der Nothwehr besinnst, dann erst recht wirst du das Bild dieser Frau wie einen steten Vorwurf neben dir sehen. Denn sie ist einsamer geworden, als sie war, ehe sie dich hatte, und die Leere ihres Lebens füllt nichts wieder aus. Dann verbittert Verzweiflung das Gemüth der Armen, der Zauber der Leidenschaft ist hin, statt der Flamme ist nur der Qualm geblieben, du giltst ihr für den bösen Dämon ihres Lebens, jede deiner Freuden wird ihrem Neide ein Verbrechen, und mit einem Schrei bricht auseinander, was jetzt, noch jetzt, mit reinem Willen, Klugheit und Ehrlichkeit eine schöne Lösung finden kann.

Sie wird nie darein willigen, nie!

Ich weiß es; sie ist ein Weib. So sei du ein Mann und sorge im voraus für ihr künftiges Glück, das dir ja am Herzen liegen muß.

Was könnt' ich wollen, das sie nicht will? Wie kann ich ihr ein Glück aufdringen, das ihr Verrath scheint? Du überzeugst mich nicht, Borromäus; du marterst mich nur, da ich immer Nein und Nein sagen muß.

Nun wohl, Kind, sprach er nach einer Pause; ich muß dir Recht geben. Es war eine Thorheit von mir, daß ich so viel Worte gemacht habe. Aber du siehst, daß die Jahre mein Blut doch noch nicht hinreichend abgekühlt haben; ich hätte können weiser sein für mein Alter. Gut denn, von nun an will ich mir Mühe geben.

Der Ton, mit dem er dies sagte, durchschauerte den Jüngling. Er sprang auf und stand am Tische, die Augen fest auf Borromäus geheftet. Was willst du thun? sagte er.

Nichts Böses, mein Junge, nichts Böses. Aber erlaube auch mir, zu thun, was ich muß. Ich bin auch mündig geworden und habe meine Ehre und mein Herz für mich. Nein, in der That, Liebster, mache dir keine Sorgen. Dich von mir zu trennen, ist nicht mehr möglich, mag es auch einmal so aussehen. Gehe nun ein wenig in die Luft; der Schatten in den Straßen wird schon breiter und es ist Essenszeit. Wir sehen uns wohl am Nachmittag, oder doch am Abend. Ueberlege auch, wenn du willst, was ich dir gesagt habe; es ist doch manches Wahre darin; aber möglich allerdings, sehr möglich, daß ich zu weit gehe. Wir sind alle Menschen. Da ist dein Rock und hier deine Mütze; die Zimmerluft ist so beklommen. Vielleicht daß dir im Freien bessere Gedanken kommen. Auf Wiedersehen, Kind, und besinne dich. Auch ich will noch einmal mit mir zu Rathe gehen.

So trieb er ihn an zu gehen und zeigte dabei ein so gelassenes Gesicht, daß der Jüngling, obwohl er die Bangigkeit, was Borromäus vorhabe, nicht verlor, dennoch für den Augenblick sicher gemacht wurde und das Zimmer verließ.

Der Freund sah ihm durchs Fenster nach, wie er mitten in der Sonne dahinging, den Kopf gesenkt, mit müden, zaudernden Schritten. Er stand einmal still, als irre er sich im Weg, oder denke umzukehren. Borromäus trat vom Fenster zurück, um nicht bemerkt zu werden. Aber Detlef ging seine Straße weiter.

Nun fing der Andere in Hast, Unruhe und Kummer ein vielfaches Kramen und Packen an, das ihn von Stube zu Stube führte. Im Schlafzimmer hielt ihn das Mädchenbildniß lange fest, als bestärke er sich vor den stillen Augen in seinem Vorhaben. Verlaß dich auf mich, sagte er mit seltsam zutraulichem Kopfnicken, dein Kind ist in guten Händen! – Dann ging er wieder ins Wohnzimmer, legte, als er beim Tisch vorbeikam, an dem er Detlefs Studien zu teilen pflegte, in ein aufgeschlagenes Buch einen Papierstreifen und klappte es zu, steckte einige Tabaksdosen in die Tasche und trat vor einen altertümlichen Schreibsekretär, dessen rund ausgebauchten Verschluß er zurückschob. Er fing an in die dort untergebrachten zerstreuten Papiere einige Ordnung zu bringen, konnte es aber nicht über sich gewinnen, seine Gedanken bei diesem Geschäft festzuhalten. Ein Papier, das er suchte, fand sich nicht vor; er öffnete die Seitenkasten und durchwühlte ihren Inhalt. Da fiel ihm ein mit verblichenem grünseidenem Band zusammengebundenes Packet alter Briefe in die Hand. Er löste das Band und las hie und da hinein. Um es sich bequemer zu machen, rückte er einen Sessel heran und nahm die Blätter sorgfältig der Reihe nach heraus. Ueber dem einen verfiel er in ein Sinnen, die Hand, in der er es hielt, sank auf seinen Schooß, er lehnte sich zurück und schloß die Augen. Da es heiß im Zimmer war und er den größten Theil der Nacht verwacht hatte, verfiel er bald in einen Halbschlummer.

Als ihn ein Klopfen an der verschlossenen Thür weckte, war es schon hoher Nachmittag. Er stand rasch auf, raffte die Briefe zusammen und legte sie, ohne das Band wieder darum zu binden, in das Schubfach. Es klopfte von Neuem. Sogleich! rief er; nur einen Augenblick Geduld. Dann verschloß er den Sekretär und öffnete. Seine Wirthin hatte ein Anliegen an ihn, das er hastig erledigte, ohne sie eintreten zu lassen. Darauf nahm er ein Päckchen, das er sich schon bereit gelegt hatte, unter den weiten Ueberrock, verließ die Wohnung und sagte der Frau, er werde vielleicht erst spät wiederkommen, Geschäfte riefen ihn vor die Stadt hinaus, deren Ende er nicht absehen könne. Das möge sie dem jungen Herrn sagen, wenn er sich etwa beunruhigen sollte. Damit ging er fort und verschwand im Gewühl der Stadt.

*

Man gab am Abend dieses Tages ein Concert zum Besten der Armen, zu welchem der Domprediger Frau Anna ein Billet geschickt hatte. Einen Augenblick dachte sie, es zurückzusenden. Dann aber zog sie es vor, die Unruhe, die sie zu Hause nicht losließ, unter Menschen zu tragen. Auch hoffte sie, Detlef vielleicht unter den Zuhörern zu sehen. Die Hoffnung betrog sie, und auch die Aufregung ihres Innern wurde durch die Musik nicht gestillt, nur noch zu stärkerem Sturme angeschürt. Denn angstvolle Gesichte zogen während der Symphonie an ihr vorüber. Sie erblickte ihren Geliebten auf einem Mooslager mit einer großen Wunde in der Brust, deren vorstürzendes Blut sie vergebens mit ihrem Haar zu hemmen suchte. Borromäus trat hinzu, lud den Jüngling auf seine Arme und trug ihn davon. Sie eilte nach, ihm seinen Raub zu entreißen; immer schneller floh das Bild vor ihr her, endlich, da sie es zu erreichen dachte, entfaltete ihr Nebenbuhler zwei schwarze Flügel, und sie sah ihn mit dem Verwundeten hinter Wolken verschwinden. Nun stand sie allein, Nacht umgab sie, und sie fühlte einzelne Tropfen auf ihr Gesicht niederfallen. Schaudernd empfand sie die Wärme des Regens, es war ihr, als müßten es Tropfen seines Blutes sein; sie starrte auf in die hellen Kronleuchter, sie sah die Sitzreihen entlang, um vor den inneren Gesichten Ruhe zu haben, aber das Gefühl des Grauens blieb ihr. Als der letzte Ton verhallt war, brach sie eilig auf, entzog sich allen Freunden, die sie begleiten wollten, und ging, von der alten Margot an der Thür des Concertsaals empfangen, durch die dunkeln Straßen ihrem Hause zu.

Sie war nur noch eine kurze Strecke von ihrer Wohnung entfernt, als sie plötzlich einen Mann neben sich gehen sah, der sie eingeholt zu haben schien. In ihre Gedanken versenkt, achtete sie des Begleiters anfangs nicht. Auch war die Gegend nicht so gar menschenleer, daß etwas zu befürchten gewesen wäre. Margot jedoch erkannte auf den ersten Blick den Fremden, der am Morgen das lange Gespräch mit ihrer Herrin gehabt hatte. Sie wollte ihr eben einen Wink geben, als Borromäus selbst zu sprechen anfing.

Gnädige Frau, sagte er leise, verzeihen Sie meine Kühnheit, Sie hier anzureden. Ich habe Sie in Ihrem Hause vergebens gesucht und erfahren, daß ich Sie im Concert finden würde. Gottlob, daß ich Sie hier treffe. Gestatten Sie mir nur ein Wort, so werden Sie begreifen, weshalb ich um jeden Preis zu Ihnen dringen mußte.

Sie standen alle drei still, das Licht einer Laterne fiel in die Gruppe und zeigte der Wittwe, daß Borromäus' hastigen Worten die Aufregung in seinen Zügen entsprach. Was führt Sie her und warum stellen Sie mir nach? sagte sie erschrocken. Sie wissen, daß ich bei meinem Sinne bleiben werde. Halten Sie mich nicht auf.

Gnädige Frau, erwiederte er, es handelt sich nicht mehr um das, was ich Ihnen heute früh mittheilte. Gleich nachdem ich Sie verlassen, hatte ich mit unserem jungen Freund einen heftigen Auftritt. Ich gestehe mein Unrecht, daß ich mich nicht besser mäßigen konnte. Der arme Junge, der es sich tief zu Gemüth zog, liegt nun im stärksten Fieber und ruft nur nach Ihnen. Gott weiß, wie er diese Nacht übersteht. Aerztliche Hülfe vermag hier nichts, nur Sie können ihn wieder besänftigen. Ich bin fortgeeilt, sie zu holen, ein Wagen wartet nahe bei der Thür Ihres Hauses – Sie bedenken sich? O ich wußt' es wohl, ich sagt' es ihm voraus, Ihr guter Ruf würde Ihnen zu theuer sein, um mir in unsere Junggesellenwohnung zu folgen!

Sie war im Laternenlicht ganz bleich anzusehen und lehnte sich auf Margots Arm. Sprache und Bewegung versagten ihr für einige Minuten.

Borromäus beobachtete sie scharf. Ich sehe, wie es steht, sagte er schneidend. Ich bedaure, Sie belästigt zu haben und will meine Pflichten zu Hause nicht länger versäumen. Schlafen Sie wohl, gnädige Frau.

Sie machte sich von Margot los und ergriff seinen Arm. Kommen Sie, führen Sie mich zu ihm! sagte sie entschlossen. Wo haben Sie den Wagen?

Sie werden ihm doch nicht folgen? raunte die Alte ihr zu. Glauben Sie, was er sagt?

Was ist da zu besinnen? sprach sie wie vor sich hin. Ist es mir nicht voraus verkündigt worden, daß ein Unglück im Anzug sei? O mein Traum! Kommen Sie, kommen Sie! Was verlieren wir die Zeit!

Er führte sie rasch, ohne weiter ein Wort zu reden, nach dem Wagen, der in einiger Entfernung hielt. Als er sie hineingehoben hatte, trat Margot an den Schlag. Lassen Sie wenigstens mich mit Ihnen fahren, bat die Alte. Es ist auf alle Fälle.

Was kannst du mir helfen, Margot, im besten oder schlimmsten Fall? erscholl die Antwort aus dem Wagen. Geh nach Haus, erwarte mich; wenn ich nicht wiederkomme die Nacht, ängstige dich nicht. Ich gehe nicht eher von ihm, als bis ich ihn gerettet sehe.

Borromäus sprang in den Wagen und warf die Thür ins Schloß. Fort! rief er dem Kutscher zu, und dahin rollte das leichte Fuhrwerk, dem Margot lange noch kopfschüttelnd nachsah, ehe sie sich entschließen konnte, ohne ihre Herrin nach Hause zu gehen.

Sie fuhren durch die noch lebendigen Straßen der Stadt, und die Laternen warfen ihre zuckenden Lichter ins Innere des Wagens, wo die schöne Frau in die Ecke gedrückt, ihr Gesicht in ihrem Tuch verbergend, neben dem finster schweigenden Begleiter saß. Keines von Beiden fühlte das Bedürfniß zu Sprechen. Auch war das Geräusch der Räder auf dem Pflaster hinderlich. Auf einmal aber hörte es auf, und sie rollten sanft auf einer glatten, unbeleuchteten Chaussee weiter. Frau Anna warf einen Blick durch das geschlossene Fenster. Wo sind wir? fragte sie. Wir sind nicht mehr in der Stadt – wohin führen Sie mich? – lassen Sie halten – Sie führen mich weg von ihm, anstatt zu ihm, wie Sie mir vorgespiegelt haben – halt, halt!

Anstatt ihrem Ruf zu folgen, ließ der Kutscher die Peitsche knallen, und die Pferde zogen feuriger an. Borromäus schwieg.

Ich sehe es klar, hob sie mit Tränen des Zornes von Neuem an, ein elender Betrug ist mir gespielt worden, um so verächtlicher, je weniger er Ihnen helfen kann. Wo hatte ich meine Besinnung, daß ich mich so schnöde fangen ließ? Ich kannte Sie ja, ich konnte wissen, wessen Sie fähig sind. lassen sie halten, oder ich öffne den Wagen und springe hinaus.

Er gab noch immer keine Antwort. Empört durch seine Kaltblütigkeit, bückte sie sich und suchte nach dem Griff der Wagenthür. Sie fand ihn nicht, er schien abgeschraubt zu sein, und mit keiner Gewalt vermochte sie die Thür zu öffnen.

Bemühen Sie sich nicht umsonst, gnädige Frau, sagte Borromäus jetzt. Sie sind nun einmal meine Gefangene. Mir selbst ist es am unbequemsten, daß ich meinen armen Detlef auf keine sanftere Art heilen kann. Aber Sie allein tragen die Schuld.

Der Wahnsinn spricht aus Ihnen. Hülfe, Hülfe! Ist Niemand, der einer mißhandelten Frau zu Hülfe kommt? Halten Sie an, Kutscher, halten Sie! Fordern Sie, was Sie wollen, nur befreien Sie mich. Hülfe, Hülfe!

Sie war im Wagen aufgestanden, pochte an das Rückfenster, zerstieß die Scheibe neben ihr und rief ihren Hülferuf in die Nacht hinaus. Die Pferde liefen unaufhaltsam, und zu beiden Seiten lag die menschenleere nächtige Landschaft in tiefer Stille.

Schonen Sie sich, sagte Borromäus. Sie bestärken den Kutscher nur immer mehr in der Meinung, die ich ihm beigebracht habe, daß er eine Frau zu fahren habe, die um ihren Verstand gekommen sei. Niemand kann Ihnen aus dieser traurigen Lage helfen, als Sie selbst. Sie werden frei sein von dem Augenblick an, wo Sie eine sichere Bürgschaft stellen, daß Sie jeden Anspruch an Detlef aufgeben.

Und wenn Sie mich niemals dahin bringen, wenn ich lieber Alles erdulde, als daß ich mich einem so schimpflichen Zwang ergebe?

So werde ich mir die Freiheit nehmen, Ihnen Deutschland und einen Theil von Europa zu zeigen, bis die Luftveränderung und der Einfluß der Zeit günstig auf Ihr Gemüth zu wirken beginnen. Inzwischen hat auch Detlef Muße sich zu besinnen.

Und diese Posse denken Sie durchzuführen? Es ist lächerlich!

Warum lächerlich? Ich weiß sehr wohl, daß Sie auf der nächsten Station, wo wir anhalten, den Versuch machen werden, sich meiner Gewalt zu entziehen, dasselbe Mittel jedoch, das den Kutscher gegen Ihre Bitten und Versprechungen taub macht, wird auch bei andern Leuten seine Wirkung nicht verfehlen. Wir werden zum Ueberfluß immer im obersten Geschoß der Wirthshäuser Quartier nehmen und den Schlüssel zu Ihrem Schlafgemach müssen Sie mir schon erlauben unter mein Kopfkissen zu legen.

Ich wende mich an die Obrigkeiten, ich werde Sie vor Gericht ziehen.

Sie würden es ohne Zweifel, gnädige Frau, wenn zu solchen Schritten nicht etwas mehr Freiheit gehörte, als ich Ihnen leider einräumen kann. Auch wäre es immerhin eine ärgerliche Sache; wir kämen in die Zeitung, man erführe in der Stadt davon, und wenn

Sie zurückkehrten, sähe man Sie mit wunderlichen Augen an. Ja es ist möglich, daß ich genöthigt würde, auf meine eigene Gefahr hin die ganze Wahrheit einzugestehen; ich gebe Ihnen zu bedenken, welch ein häßlicher Makel Ihrem guten Namen dadurch angehängt werden würde.

Es komme was will, ich scheue vor nichts zurück, was Ihnen Ihr ruchloses Spiel verderben kann. Und wenn Alles umsonst wäre und Sie mit Ihren tückischen Lügen und Ränken mich ganz umstrickt zu haben meinten, daß ich Ihnen nicht entrinnen könnte, so stürz' ich mich aus dem Fenster auf die Steine und überlasse es Ihnen, mit der Nachricht davon zu ihm zurückzureisen.

Bei solchen überspannten Drohungen setzen Sie mich nur in die unangenehme Notwendigkeit, das Zimmer zu Nacht mit Ihnen zu theilen, erwiederte er. Uebrigens fürchte ich bei Ihren Jahren dergleichen nicht. Ich hoffe, daß Ihr Verstand, von dem ich eine nicht schlechtere Meinung habe, als von Ihrem Herzen, Ihnen schon in nächster Zeit sagen wird, daß ich zu Ihrem eigenen Besten gehandelt habe. Sie sprechen von Lug und Trug, mit denen ich Sie umsponnen hätte. Meine kleine Notlüge kommt gar nicht in Betracht neben Ihrem großen Selbstbetrug, als könne Ihr Verhältnis zu Detlef auf die Länge Bestand haben. Ich rette Sie vor der schmerzlichen Erfahrung, daß Sie dies zu spät erkennen. Wenn Sie vernünftig sein wollten, so wäre Alles in schönster Ordnung. Sie schrieben morgen an Ihre Dienerin, daß Sie plötzlich eine dringende Geschäftsreise angetreten hätten. Für die Erfindung der näheren Umstände würde ich schon Sorge tragen, wie Sie überhaupt ganz über mich verfügen können, sobald Sie den abenteuerlichen Gedanken aufgeben, Ihr Loos mit Detlefs Jugend zu verflechten. Sie reisten dann eine Zeitlang, etwa zu Verwandten. Sie kehrten nach einem Vierteljahr zurück, wo der Schluß des Semesters mir erlaubte, den Jungen auf die Reise zu begleiten. So ginge die Zeit hin, sie dächten an einander, als wenn Jeder von Ihnen auf einer Insel lebte und das Meer Sie für immer trennte, und endlich – wären Sie eine schöne alte Frau geworden, und Alles läge wie ein Traum hinter Ihnen.

Während er so sprach, lag sie in der Ecke des Wagens, schluchzend wie eine Verzweifelte. Der Mond war aufgegangen und Borromäus betrachtete sie mit tiefem Mitleiden. Ihr Haar hing in Verwirrung über ihre Schläfen herab, die Augen flossen in Thränen über, der Mund zuckte, halb von Schmerz, halb von trotziger Erbitterung. Sie erwiederte nichts mehr. Nur schüttelte sie zuweilen heftig den Kopf, fast wie in unwillkürlichem Krampf, und zerbiß ihr Taschentuch, um das Weinen zurückzuhalten. In diesem Augenblick war sie wirklich nicht mehr die reife Frau an der letzten Grenze der Jugend, sondern ein hülfloses Kind, das in seinem Schmerz nur einen dumpfen Starrsinn dem überlegenen Willen eines Erwachsenen entgegenzusetzen hat.

Immer weiter fuhren sie in die Nacht hinein, Dorf nach Dorf blieb hinter ihnen, und die Pferde schienen unermüdlich. Borromäus hatte die Augen geschlossen, aber er dachte nicht an Schlaf, und keine Bewegung seiner Gefangenen entging ihm.

Erst gegen Mitternacht hielt der Wagen vor der Thür eines Gasthofs, der am Eingang eines großen Dorfes stand. Der Kutscher stieg ab, um die Leute aus dem Schlaf zu trommeln, und der Lärm des Hofhundes unterstützte ihn. Dennoch dauerte es lange, bis ein schläfriger Knecht das ungefüge Hofthor öffnete und mit der Laterne sich die Reisenden ansah. Auf die Frage des Kutschers nach frischen Pferden zuckte der Bursch träge die Achseln und bemerkte, das ganze Dorf schlafe, ob die Herrschaften sich nicht bis morgen gedulden könnten. Borromäus' gebieterischer Ton schnitt ihm jede weitere Einwendung ab, und eilends lief er davon, bei einem Nachbarn Rath zu schaffen, da der Wirth seine eigenen Pferde mit dem Pfarrer über Land geschickt habe. So blieben sie im Wagen sitzen, durch den die laue Nachtluft strich, und hörten, wie der Kutscher pfeifend seine Thiere abschirrte, während es auch im Hause lebendig wurde und ein Licht hinter den Fenstern vorüberglitt. Jetzt trat der Wirth selbst mit dem flackernden Nachtlämpchen aus der Thür und kam an den Wagenschlag. Als er das wunderliche Gefährt musterte, das ohne alles Gepäck eine so eilige Reise machen sollte, und drinnen die schöne blonde Frau neben dem nachlässig gekleideten Mann, wußte er nicht, in welchem Ton er die Herrschaften anzureden habe. Er wechselte vorsichtig erst einige Worte mit dem Kutscher, der ihn alsbald aufklärte. Höflich kehrte er zu den Reisenden zurück und lud sie ein auszusteigen und, bis die Pferde kämen, es sich in seinem Hause gefallen zu lassen. Eine kleine Erfrischung werde auf der Stelle bereit sein und ein sehr empfehlenswerter Wein liege in seinem Keller.

Wir steigen aus, sagte die Wittwe rasch; ich bin durstig.

Borromäus ließ es geschehen, daß der Wirth den Schlag öffnete; aber indem er ihr seinen Arm bot, um ihr beim Aussteigen zu helfen, sagte er leise: Sie wissen, daß jeder Versuch, zu entfliehen, vergeblich ist. Der Kutscher hat dem Wirth bereits gesagt, was er von Ihrem Zustande zu halten habe.

Sie zuckte zusammen und stieß seinen Arm zurück. Dann, die Kapuze ihres Mäntelchens tief über das Gesicht ziehend, ging sie neben ihrem Feinde in das Haus hinein.

In dem Gastzimmer, wohin der Wirth sie führte, sah es nicht besser aus, als um diese Stunde in allen dörflichen Schenkstuben. Doch brannten die beiden Lichter, die eine Magd auf den langen Tisch stellte, zum Glück nicht so hell, daß man die Unsauberkeit des Gemaches deutlich gewahr geworden wäre. Frau Anna schien nichts, was um sie herum vorging, zu bemerken. Sie hatte sich sogleich auf einen Stuhl am Fenster geworfen und, Borromäus den Rücken wendend, ihre Augen in die Nacht hinausgerichtet. Er dagegen schenkte sich ein Glas Wein ein, zündete eine Cigarre an und ging, die Hände in die Rocktaschen vergrabend, rauchend das Zimmer auf und ab. Erst nach einer Weile lud er sie ein, von dem Weine zu kosten, der nicht schlecht sei. Er ließ Wasser und Zucker kommen und bereitete ihr selbst ein Glas. Sie gab kein Zeichen, daß sie höre, was er sagte. Der Wirth, der zugegen war, blinzelte Borromäus mit den Augen zu, ihm anzudeuten, daß er im Geheimniß sei; aber auf einen finsteren Blick und eine kurze Geberde verließ er das Zimmer, um sich draußen im Gespräch mit dem Kutscher für das geringe Vertrauen der Herrschaft zu entschädigen.

Das Umspannen jedoch ging langsam von Statten. Als mit nicht geringer Mühe die Pferde zur Stelle waren, fand der sachkundige Hausknecht, der nach löblicher Gewohnheit mit der Laterne um den Wagen herumleuchtete, daß eine der Federn dem Brechen nahe sei. Ein umständlicher Rath wurde gehalten, was nun zu thun. Es ergab sich endlich, daß mit einigen Stricken die schadhafte Stelle vorläufig haltbar gemacht werden könne, wenigstens bis zum andern Morgen. Mehr als einmal steckte Borromäus den Kopf zum

Fenster hinaus und trieb die Saumseligen zur Eile. Er versprach ein starkes Trinkgeld, wenn sie bald von der Stelle kämen. Doch ging immer noch eine bequeme halbe Stunde herum, bis der Wirth mit der Meldung kam, daß Alles in bester Ordnung sei.

Während der ganzen Zeit hatte Frau Anna an ihrem dunkeln Fenster sich nicht geregt, und auch jetzt, als Borromäus zu ihr trat, ihr seinen Arm anzubieten, blieb die Gestalt wie leblos, und nur ein leises Zittern der seidenen Kapuze verrieth, daß die Schweigende wohl wußte, was um sie herum vorging.

Gnädige Frau, sagte Borromäus, es ist Zeit einzusteigen. – Sie haben geschlafen? Sie werden es im Wagen bequemer haben.

Der Wirth hatte ein Licht vom Tisch genommen und stand erwartend neben der Thür.

Ich bitte um Ihren Arm, sagte Borromäus nachdrücklicher. Entschließen Sie sich. Die Luft draußen ist angenehmer, als in dieser Bauernschenke.

Ich zwinge Sie nicht, darin auszuhalten, erwiederte sie jetzt. Fahren Sie immerhin. Ich aber bleibe.

Sie werden Ihren Sinn ändern, sagte er trocken. Sie sind verwöhnt, und von allen Bequemlichkeiten, die Sie bedürfen, erwartet Sie hier nicht die kleinste. Indessen soll es nicht an mir liegen, wenn Sie auf der Reise nicht Alles nach Ihren Wünschen finden. Sie haben Zimmer bereit, Herr Wirth? sprach er nach der Thür hin.

Belieben die Herrschaften sie nur in Augenschein zu nehmen, gab der Mann dienstfertig zur Antwort. Ich werde sogleich befehlen, daß man ausspannt. Niklas, rief er auf die Straße hinaus, abgeschirrt und die Pferde zurück!

Es bleibt angespannt! herrschte Borromäus. Ist es gefällig, gnädige Frau? Wir werden freilich vorlieb nehmen müssen, denn in den Zimmern und Betten wird es kaum sauberer aussehen, als in der Schenkstube. Aber Sie wünschen es und werden es nehmen, wie Sie es finden.

Sie stand rasch auf und schien Willens, dem Wirth hinauf zu folgen. Jetzt zuerst warf sie einen Blick auf das unwirthliche Zimmer, den Schenktisch mit den trüben Flaschen und Gläsern und die rauchgeschwärzte Decke. Sie zauderte und stand mitten im Gemach still. Borromäus, der hinter ihr gegangen, sah, wie sie bebte. Es ist nicht nöthig, sprach sie rasch, ich will die Nacht dort am Fenster zubringen. Es ist bequem genug für eine hülflos mißhandelte Frau. – Heftiges Schluchzen, in das sie plötzlich ausbrach, erstickte die letzten Worte. Sie glitt auf den Stuhl am Fenster zurück und ließ, ganz in die Kapuze eingehüllt, ihrem Jammer freien Lauf.

Borromäus hatte dem Wirth gewinkt, sie allein zu lassen, und umwandelte nun wieder rauchend und für sich hinsinnend den langen Tisch, während draußen auf der luftigen Straße die Pferde sich rührten und mit Schnaufen ihr Geschirr schüttelten. Schon war es Ein Uhr geworden und die feierlichste Schweigsamkeit der Nacht vergangen. Ein Storch auf dem Giebel des Bauernhauses gegenüber, von dem Laternenlicht beunruhigt, erhob sich halb verschlafen auf seinem Nest, streckte den Schnabel gegen den silbergrauen Himmel und klapperte nachdenklich. Der Hund rasselte an der Kette, und murrte, daß die nächtliche Störung sein Ende nehme. Auch die Fliegen im Schenkzimmer taumelten summend umher, krochen an dem Weinglase hinauf und belagerten die Schale mit Zucker. Von Zeit zu Zeit klatschte der Kutscher, der mit dem Hausknecht plauderte, mit der Peitsche und mahnte zum Aufbruch. Aber die weinende Frau empfand nichts von der Ungeduld um sie her. Sie hörte kaum, was Borromäus zu ihr sprach, noch war sie fähig, ihre betäubten Gedanken auf irgend einen Entschluß zu richten. Wie um Schutz zu suchen gegen Alles, was sie litt und noch leiden sollte, flüchtete sich ihr Herz in die Erinnerung der vergangenen Nächte, wenn sie, die Thür ihres Salons hinter sich zuwerfend, mit fliegendem Athem in das trauliche Gemach mit den rothen Vorhängen geeilt war und, ehe er noch von dem Sopha aufstehen konnte, ihm zu Füßen lag, daß er verwirrt sich zu ihr niederbog und sie auf den Scheitel küßte. Und dann, wie sie zu ihm hinauf lachte, die beiden Hände in sein dichtes Haar vergrub, und er, aufstehend, sie wie ein Kind emporhob, daß sie in seinem Arm kaum den Boden mit den Füßen berührte. Der Vogel im Bauer erschrak vor allem Uebermuth ihrer Liebe. Sie warf das Tuch, das er ihr vom Halse band, über den Käfig. Dann gingen sie lange über die lautlosen Teppiche auf und ab, die Arme um einander geschlungen. Manchmal stand sie und lehnte die Stirn an seine Brust und schloß die Augen. Ich sehe die

Welt nicht mehr! sagte sie. Er verstand es kaum, aber er verstand, daß er mehr geliebt werde, als er zu lieben vermöge.

Und wie schön war sie noch, wie schön erschien sie sich selbst, wenn sie neben ihm saß und er löste ihr das Haar, und die blonden Flechten fielen auf ihre weißen Hände herab, die sie demüthig und still im Schooß gefaltet hatte. Sie sah ihr Gesicht in dem silbernen Spiegel, der auf dem Tische stand. Die Rosen im Glase daneben waren freilich röther, aber nicht so durchsichtig belebt wie ihre Wangen. Er hatte die Blumen – wie manches Mal! – aus dem Strauß genommen und über ihrem Scheitel entblättert und das Rosenblatt, das auf ihren lachenden Mund fiel, weggeküßt. –

Und wo war er jetzt? Warum, wenn es einen Zug des Herzens gab, ahnte er nichts von ihrer Noth und machte sich nicht auf, sie zu retten? Nein, er kommt, er kann sie nicht in der Hand dieses gewalttätigen Feindes lassen, er wird sie befreien und alle neidischen Ränke gegen ihr Glück zu Schanden machen. Nur erwarten muß sie ihn, nicht von der Stelle weichen, bis er kommt.

Das stillte ihre Thränen. Sie öffnete das Fenster und lehnte sich weit hinaus; nichts war zu sehen, als der verhaßte Wagen und die Leute bei den Pferden, die leise von ihr sprachen und argwöhnisch nach ihrem Fenster blickten.

Auf einmal kam es ganz aus der Ferne wie der Hufschlag eines jagenden Pferdes heran. Bis an den Hals hinauf schlug ihr das Herz; sie zweifelte keinen Augenblick, daß er es war. Jetzt hob auch der Knecht draußen die Laterne und ließ ihren Schein die Straße hinunter wandern. Kurze Zeit noch, und ein Reiter flog heran; sein Pferd, über und über mit Schaum bespritzt, stürzte in die Knie wenige Schritt von dem Wagen entfernt, und im Nu war der Jüngling aus den Bügeln. Anna! rief er zum Fenster hinauf. Sie konnte nur mit der winkenden Hand antworten. Denn in denselben Augenblick, wo das Pferd zusammenbrach, war Borromäus dicht an sie herangetreten.

Sie werden so viel Vernunft haben, sagte er rasch, als Ihren Jahren zukommt. Dieser verrückte Streich des Jungen soll mir mein Spiel nicht verderben. Ich bitte, daß sie schweigen und mich machen lassen.

Nichts haben Sie zu bitten, nichts mir vorzuschreiben! Nur der schändlichsten Gewalt habe ich weichen müssen. Frei bin ich jetzt, gerettet – Detlef!

Sie rief es dem Jüngling entgegen, der wie ein Ungewitter in die Thür stürmte. Sein Gesicht glühte über und über, wie verwirrt blickte er aus den Augen, barhaupt, als wäre er nicht durch die Sommernacht, sondern durch Winterstürme dahergejagt. Hinweg von ihr! rief er Borromäus entgegen, der vor seine Gefangene getreten war. Keine Hand rührt sie mehr an, kein Blick beleidigt sie mehr – oder ich stehe für nichts! Anna, ist es möglich, daß du das um mich ertragen mußtest!

Still! gebot Borromäus unerschütterlich. Es ist nicht nöthig, daß wir noch mehr die Fabel des Dorfes werden, als durch deine Thorheit ohnehin geschehen wird.

Meine Thorheit? Wer hier den andern anzuklagen hat, ist, denk' ich, nicht zweifelhaft! Anna, hast du es dulden müssen? – ich komme von Sinnen! –

Du bist von Sinnen, und nicht erst seit heut; ich aber kenne meine Pflicht. Ich habe mein Ansehn bisher nicht zu brauchen gehabt; aber Gott sei Dank, daß ich noch eine andere Gewalt über dich habe, wenn die Macht der Vernunft an deiner Tollheit zu Schanden wird. Im Namen deiner Mutter, Detlef, die mich dir zum Vormund bestellt hat: du berührst diese Frau nicht mehr, du verlässest das Haus und kehrst in die Stadt zurück; ich will es – und du wirst es thun!

Nimmermehr! schrie er, außer sich. Niemand gehorch' ich, Niemand *hab'* ich zu gehorchen, als ihr allein! Ist es *dein* Wille, Anna, daß ich gehe und dich deinem Räuber lassen soll?

Rette mich, Detlef! rief sie und streckte den Arm nach ihm aus. Er stürzte zu ihr, ergriff ihre Hand und wollte sie an sich ziehen. Borromäus' eiserner Arm hielt ihn zurück. Nicht so lang ich lebe! sagte er mit zitternder Stimme. Aber das Ohr des Rasenden war taub für den warnenden Klang dieser Worte.

Wage dich nicht an mich! schrie er. Ich bin kein Unmündiger mehr, ich dulde keine Beleidigung. Die Hand von meinem Arm, Borromäus; ich kann viel vergessen, weil ich dir viel zu danken habe, aber Erniedrigung vor ihren Augen – Zum letzten Mal die

Hand von meinem Arm, oder bei Gott im Himmel, ich muß für den Schimpf Genugthuung fordern und Mann gegen Mann dir gegenübertreten.

Ein gewaltsamer Ruck befreite ihn von dem Arm des Freundes, und Anna lag an seiner Brust. Borromäus trat einen Schritt zurück. Sein Gesicht schien ruhig, die Arme hingen ihm schlaff herab, er lehnte am Tisch und sah starr auf Detlef. Genugthuung? sagte er. Es ist gut, du sollst sie haben. Auch das, mein Junge; und warum auch nicht? Es ist wahr, du bist schon recht groß, und wenn große Menschen sich beleidigen, so giebt es ein gewisses Herkommen, dergleichen auszutragen. Ich will dir Genugthuung geben, wo und wann du willst, und zwar bald. Fürs Erste freilich hast du andere Verpflichtungen. Laß dich nicht darin stören. Gute Nacht!

Er nahm seinen Hut vom Tisch und ging hinaus. Als der Jüngling die Thür zufallen hörte, zuckte er zusammen. Er hatte ein Wort auf den Lippen, aber keinen Athem, es auszusprechen. Sein Arm hatte Anna's Schulter freigelassen und einige Minuten lang stand er regungslos neben ihr, als habe er vergessen, wo er war. Erst mit einem tiefen Seufzer kam wieder Leben in ihn. Wie fühlst du dich? sagte er, besorgt und doch halb zerstreut wieder zu ihr gewendet. Du bist bleich, du hast geweint. Komm! Keinen Augenblick länger sollst du an diesem Ort zubringen. Warum ist es dahin gekommen! Was hast du ertragen müssen um mich!

Sie drückte schweigend seinen Arm, und er führte sie an den Wagen hinaus, um den sich inzwischen einige Bauern und Knechte gesammelt hatten. Umwenden, nach der Stadt zurück! befahl er. Während es geschah, spähte er, die Frau am Arm haltend, in dem grauen Helldunkel umher. Ein Knecht führte sein hinkendes Pferd langsam dem Hofthor zu, und Detlef nannte dem Wirth, der verstört hin und her lief, den Namen des Mannes in der Stadt, dem es zurückzuschicken sei. Wo ist der andere Herr hingegangen? fragte er. Der Wirth zuckte die Achseln. Einer von den Bauern wollte ihn querfeldein wandern gesehen haben, ein anderer widersprach. So stiegen sie in den Wagen, ohne Gewisseres zu erfahren.

Die Pferde zogen an, und als der kühlere Morgenwind zu der Scheibe hereinstöberte, welche Anna in der ersten Aufwallung des Zornes zertrümmert hatte, drückte sie sich fester an ihren Freund.

Sie hatte seine Hand gefaßt und bückte sich oft herab, um ihre Lippen darauf zu drücken. Er schien es kaum zu empfinden. Wie abwesend starrte er gerade vor sich hin durchs Fenster und schwieg. Erst als er Thränen auf seiner Hand fühlte, neigte er sich zu der Weinenden, erhob sanft mit der andern Hand ihr Gesicht und küßte sie auf die Augen. Weine nicht, sagte er. Ich bin bei dir, Niemand soll dir wehe thun!

Du selbst, Detlef, du selbst! Du bist nicht mehr derselbe zu mir, die Erinnerung an diese Stunden wird dir immer nachgelten und zwischen dich und mich und unsere Liebe treten. Du kannst es mir nicht verzeihen, daß ich dich mit ihm entzweit habe.

Er widersprach heftig; er betheuerte, daß er Vater und Mutter um sie verlassen würde – sie schüttelte den Kopf und weinte in seinen Armen. Als könne er sie nicht besser trösten, erzählte er ihr, welche Qualen er über Tag ausgestanden, wie ihn Abends die Angst und Sehnsucht fast umgebracht habe, und doch habe er die festgesetzte Stunde heranwarten wollen. Margot aber sei plötzlich in sein Zimmer getreten, und wie sie ihren Argwohn bestätigt gefunden, habe sie ihm die Spur gezeigt, auf der er nachjagen müsse. Der Fuhrherr, dessen Wagen sie erkannt, sei zwar zum Schweigen über den Weg verpflichtet gewesen, aber die Drohung, daß man ihn vor Gericht bringen werde als Helfershelfer, habe ihn zu Allem willig gemacht, und so sei es gelungen, trotz des Vorsprungs sie einzuholen.

Welche Nacht! Um welchen Preis habe ich dich wieder, Anna! rief er schmerzlich aus.

Du wirst ihn zu hoch finden, Detlef!

Nie, nie!

Vielleicht schon morgen, sprach sie vor sich hin.

Morgen! – Dies bange Wort klang eine lange Zeit in den Gedanken der Liebenden nach. Was morgen werden sollte und darüber hinaus? Der Jüngling saß stumm, das Kinn auf die Brust gesenkt, in der Ecke des raschen Wagens, die Hand der Geliebten, die in der seinigen lag, von Zeit zu Zeit drückend, wie um sich ihrer zu versichern. Er zürnte mit sich, daß er nicht froher sein konnte neben ihr, daß er die alten ungestümen Flammen nicht mehr in sich erwecken konnte, die er sonst an ihren Lippen zu kühlen pflegte. Und doch, je mehr er mit sich zürnte, desto unmöglicher schien es ihm, ein Liebeswort über die Lippen zu bringen. Vor drei Wochen – was hätte er darum gegeben, eine Sommernacht allein mit ihr im dämmerhaften Wagen dahinzufahren. Jetzt hatte er die Augen geschlossen und fürchtete sich, sie zu öffnen, als müsse sie ihm auf einmal verwandelt scheinen, eine Fremde, ohne alle Macht über sein Herz. Wie sie so aufgelöst sich an ihn drückte und auf seine Hand weinte, durchzuckte ihn ein qualvolles Mitleid. Alles, was sie ihm gewesen war und was sie seinetwegen erlitten hatte, stand ihm herzzerschneidend vor Augen. Aber der Schmelz, den die Freude und das Gluck über ihre Gestalt ausgegossen, war verblichen. Er empfand es deutlich wie einen schweren Undank. Einzelne Worte aus seinem Gespräch mit Borromäus am Vormittag wurden plötzlich in ihm lebendig. Es kam ihm vor, als seien sie beide zehn Jahre älter geworden, und die Entfremdung, die er mit Schrecken fühlte, sei nur die Frucht der Zeit. Als er jetzt aufsah und ihr Gesicht betrachtete, das zurückgesunken auf der Kissenlehne des Wagens ruhte, die Lippen halb geöffnet, die Augen unstät aufgeschlagen, mußte er sich wohl sagen, daß Alles noch wie gestern sei, sie noch reizend und jedes Opfers werth, die Nacht noch für Glückliche gemacht. Aber er konnte sich nicht überwinden, diesen Mund, der nach ihm zu verlangen schien, zu küssen, die Arme um das blonde Haupt zu schlingen und wie sonst Alles, was ihn drückte, in ihrem Besitz zu vergessen.

An Borromäus dachte er kaum, oder doch nur mit einem völlig gestaltlosen dumpfen Wehgefühl. Die Erkenntniß, daß die überschwängliche Kraft der Leidenschaft ermatten könne, füllte all seine Sinne und Gedanken aus. Er schwieg und hatte nur die Furcht, daß sie zu sprechen anfangen möchte. Und warum sprach sie nicht? Sah sie zu klar in den Zustand seines Gemüths, um nicht jedes Gespräch zu vermeiden, das ihre Ahnung nur hätte bestätigen können? Sie hatte ihm ihre Hand entzogen und sich die Augen bedeckt, die längst zu weinen aufgehört hatten. Manchmal, wenn die Gewißheit des Verlustes grell vor sie hintrat, zitterte sie von Kopf bis zu Fuß und schloß die Lippen, um nicht laut aufzustöhnen. Dann zog sie das Mäntelchen fester um sich, als hätte sie nur vor der Nachtkühle geschauert, neigte sich vor und sah auf den Weg hinaus, auf den die Ahornbäume unsichere Schatten warfen. Nun näherten sie sich schon der Stadt, und verwehte Töne des Glockenspiels auf dem Domthurm kamen ihnen entgegen. Eine halbe Stunde noch, und der Wagen hielt vor ihrem Hause.

Margot hatte ihn kommen hören und trat aus der Pforte, ohne Licht, wie es schien unwillig, daß ihre Herrin das Aufsegen nicht vermieden hatte und nicht schon in einer anderen Straße ausgestiegen war. Sie half der Frau aus dem Wagen und winkte dem Jüngling, daß er sitzen bleiben solle. Ohne Umarmung mußte er sie von sich gehen sehen; nur in der Hausthür wandte sie sich um und winkte traurig zurück. Er wollte hinausspringen und ihr nachstürzen. Aber der Kutscher, dem Margot ein Wort zugerufen hatte, trieb die Pferde schon wieder an, und die Thür des Hauses schloß sich geräuschlos.

*

Als Detlef in seine öde Wohnung zurückkam, sah das stille, traurige Grau der ersten Frühe zu den Fenstern herein. Die Thür nach dem Schlafzimmer stand offen, das Bild über Borromäus' Bett richtete die Augen unbeweglich auf den Jüngling, der die stummen Fragen dieses Blickes nicht ertrug und sich abwendete. Er trat, immer noch wie betäubten Gemüths, an den Tisch und blätterte in den Büchern. Jedes Tabakskörnchen, das der Freund hinein verstreut hatte, jeder Falz im Buch, mit denen er nicht sparsam zu sein pflegte, that ihm jetzt seltsam wohl und weh zugleich. Ueber der Scene im Wirthshaus lag es wie ein dunkler Schleier. Zu Allem, was jenen Auftritt dem Jüngling unnatürlich, unglaublich, unmöglich erscheinen ließ, gesellte sich noch die körperliche Abspannung, in der er eines starken Schmerzbewußtseins, einer lebendigen Reue nicht fähig war. Dennoch wäre es ihm unmöglich gewesen, sich dem Schlaf zu überlassen. Es war ihm zu deutlich, als sollte es nun in ihm zu tagen anfangen, nachdem er manches liebe Jahr verträumt hatte. Wohl hatte die stille, aber stätige Herrschaft, die Borromäus über ihn ausgeübt, seinen Charakter gleichsam gebunden gehalten, so sehr der Freund bemüht gewesen war, seinen Geist zu befreien. Doch obwohl er manchmal schon sich dessen bewußt geworden, hatte er nie den Wunsch gefühlt, sich aufzulehnen. Kein Wunder, daß die Freundschaft des stärkeren, älteren Mannes ihn eher hob, als drückte, da überdies die Gefühle des inneren Wachstums, ohne welches kein Glück besteht, sich ihm täglich in seinen Studien erneuerte.

Als aber dann in diese friedliche, durchaus gesunde Jünglingsentwicklung die Begegnung mit der reifen Frau herantrat, – welch ein Reiz lag für ihn außer allem andern Zauber eines solchen Abenteuers in der plötzlichen Befreiung und Ermannung, in der persönlichen Verantwortlichkeit, die er übernahm! Auf Einmal übersah er, wie es ihm schien, die Grenzen des ganzen Lebens, wie ein offenes, ihm unterthäniges Gebiet vom Gipfel eines Berges herab, auf den er im Fluge versetzt worden war, nachdem er lange den beschwerlicheren Weg Stufe für Stufe hatte wandeln müssen. Wahrlich im Fluge; denn zwischen der ersten Abendstunde, wo er in einer fremden Gesellschaft den Gesang der schönen Frau am Klavier begleitet hatte, bis zu der ersten Nachtstunde, wo er den Schlüssel an der Gartenpforte drehte und von Margot mit flüsterndem Gruß empfangen wurde, lagen kurze vierzehn Tage. Wer hatte zuerst gesprochen? Wer war dem Andern entgegengekommen? Von Anfang an schien sich Alles wie von selbst zu verstehen, und auch das gehörte zu dem Wunderbaren ihres Suchens und Findens, daß die Rollen getauscht wurden, der stille, sittsam aufgewachsene Student, der roth wurde, wenn ein Mädchen ihn ansah, unbedenklich die volle Gunst der vielumworbenen Frau annahm, als habe er die gültigsten Rechte auf ihr Herz, während sie selbst, die immer eine feste Schranke um sich gezogen hatte, ohne jede Gegenwehr dieselbe fallen sah und wie ein unwissendes, leidenschaftliches Mädchen alle Rücksichten vergaß.

Daran dachte der Jüngling zuerst wieder, als er mitten in seiner Verworrenheit das Verlangen fühlte, sich auf ein Festes zu besinnen und, was kommen sollte, an dem abzumessen, was geschehen war. Eine tiefe Dankbarkeit gegen das Weib, dessen Herz sich ihm ohne Rückhalt ergeben hatte, ward in ihm lebendig, mit einer Gewalt, daß er fast die Thränen nicht bezwingen konnte. Sogleich fühlte er aber auch wieder den stechenden Schmerz, daß er selbst verändert sei; denn daß Eines dem Andern etwas zu *danken* hätte, war früher weder ihr noch ihm in den Sinn gekommen. Wer dankt für etwas, was nicht anders sein könnte? Sie waren für einander, und Geben und Nehmen wog sich so schön, so rein und unbewußt auf! Und warum mußte das ein Ende nehmen und ihm schon jetzt das Nämliche als ein ewig unvergeltbares Opfer erscheinen, was er noch gestern leichten Herzens als sein gerechtes Eigenthum, als seinen ewigen Besitz betrachtet hatte?

Er dachte darüber nach, aber die richtige Antwort auf diese Frage, die schon aufdämmerte, verwarf er als unedel und undankbar. Um von Neuem tief unterzutauchen in den Strom der Leidenschaft, dem er bereits enthoben war, trat er an den Schreibsekretär, in welchem er die Mappe mit ihren Briefen wohlverschlossen verwahrte. Sie schickte sie ihm niemals durch die Stadt ins Haus, sie schrieb sie in den Stunden, wo er nicht bei ihr war, und gab sie ihm, wenn er kam, damit er ein Stück ihres innersten Lebens schwarz auf weiß mit heim trüge. Als er den Sekretär öffnete, zu dem er sowohl, wie Borromäus, einen Schlüssel hatte, kam ihm die plötzliche Sorge, er würde die Mappe geöffnet finden und den Schatz von andern Augen entweiht. Aber die Furcht war ungegründet. Er fand das kleine

Schloß unversehrt und wog das dunkle Mäppchen in der Hand, wie um sich zu versichern, daß nichts an dem gewichtigen Inhalt fehle. Eine Weile starrte er die Stickerei auf dem ledernen Rücken an; dann legte er's wieder an den alten Ort, uneröffnet. Was war es, das ihn abhielt, diese theuren Blätter wieder zu entfalten? Im Stillen sprach eine Stimme in ihm: Und wenn auch das sich machtlos erweisen sollte? – was dann? Dann wäre freilich Alles vorbei.

In peinlicher Zertreuung ließ er seine Augen über den bunten Inhalt der verschiedenen Behälter schweifen. Er zog mechanisch ein Schubfach nach dem andern heraus, sah gedankenlos hinein und schloß es wieder. Als er in dem letzten die Briefe fand, in denen Borromäus am Vormittag gelesen hatte, fiel ihm auf, daß sie nicht, wie sonst, sorgfältig mit dem grünseidenen Band zugebunden in ihrem alten Umschlag steckten. Er hatte früher nie einen Blick hineingethan. Jetzt las er die ersten Zeilen des obersten Blattes und erkannte die Handschrift seiner Mutter, obwohl sie noch unausgeschriebener und zaghafter war, als in der Zeit, aus der er selbst Briefe von ihr bewahrte. Die Worte fielen ihm auf. Er wußte, daß diese Briefe an Borromäus gerichtet waren, aber nie war es zwischen ihnen zur Sprache gekommen, daß der Sohn diese Blätter nicht lesen dürfe. Es verstand sich von selbst, daß Jeder die Sachen des Andern unangetastet ließ.

Noch stand der Sessel, wie Borromäus ihn verlassen hatte. Detlef warf sich hinein und zog den obersten Brief vollends heraus. In den Fenstern des Hauses gegenüber spiegelte sich das Morgenroth und der Wiederschein fiel ihm auf das Blatt, während er den Kopf in die Hand stützte und folgende Worte las:

»Ich kann es nicht verstehen, was die Leute meinen, die meine Eltern vor dir gewarnt haben. Gegen mich warst du von Anfang an so gütig, und ich hatte so deutlich das Gefühl, in deinem Umgang besser und edler zu werden, daß ich nicht begreife, wer dir so feindlich sein und mein und unser Glück absichtlich zerstören kann. Meine Mutter sagt, daß ich von der Welt nichts weiß und nichts zu wissen brauche, daß ich eben ihr und dem Vater folgen soll, die nur mein Bestes im Auge haben. Ach, liebster Freund, willst du denn nicht auch mein Bestes? Darf ich denn nicht auch *dir* glauben? Was hat es für Gefahr, daß ich dir anhänge? Ich selbst müßte es doch am deutlichsten spüren, wenn ich an deiner Seite nicht sicher wäre.«

»Ich habe mich, ehe du kamst, nie zu einem Manne hingezogen gefühlt, und für dich sprach seit der ersten Stunde so deutlich und stark mein ganzes Herz, daß ich mir nie im Leben wieder einen richtig leitenden Sinn für Gut und Böse zutrauen dürfte, wenn ich mich in dir getäuscht hätte. Nein, sie sollen mich nicht irre machen. Nicht einmal dir selbst würde ich es glauben, wenn du deinen Feinden Recht gäbest. Mein geliebter Freund, komme bald zu mir, sprich mit dem Vater und mache sie Alle zu Schanden.«

Ein anderes Blatt nahm er, es trug das Datum des folgenden Tages; die Schriftzüge waren hastiger und oft durch Thränenspuren verdunkelt. Er las mit steigender Bewegung:

»Welch eine Nacht hast du mir bereitet, mein geliebter Freund! Ich sitze hier, bei Licht, es ist noch nicht Tag geworden, aber mir ist, als sollte und könnte es nie wieder hell werden, oder diese Aengste müßten plötzlich von mir fallen wie böse falsche Träume. Dann sehe ich wieder die grausamen Zeilen deines Briefes an und weiß nicht, wer Recht hat, mein Herz, das dich gegen dich selbst verteidigt, oder du, der du mir so hart und schneidend meinen Glauben an dich rauben möchtest.«

»Nein, das Alles hat keine Gewalt über mich. Was hinter dir liegen mag, kann an meine Liebe nicht reichen, die dich so, wie du bist, vor Augen sieht. Und wenn du einmal ein Anderer gewesen bist – verändern wir uns nicht Alle, bis wir reif werden? Du klagst dich selbst an, daß du bisher die Treue nicht gekannt habest. Ich aber weiß, daß du sie von nun an kennen wirst; was brauche ich mehr? Du sagst, dein Leben sei nicht rein von Flecken und Verirrungen, und die Leute, die dich bei meinen Eltern in bösen Ruf gebracht, seien im Recht. Mein Liebster, mögen sie doch Recht haben. Wenn ich dich liebe, so wie du bist, und alles Vergangene mich nicht irre macht, warum sollten wir nicht glücklich werden?«

»Ich habe nie geglaubt, daß ich deine erste Liebe sei, und du hast es mir nie einzureden versucht. Warum soll ich mich nun von dir abwenden, da du mir so offen gestehst, daß du dich durch viele Leidenschaften durchgeschlagen habest? Wenn *du* mir sagst, du würdest nach mir Keine wieder lieben, ist dies Wort nicht zuverlässiger, als wenn ein Mann mit einem ganz ungeprüften Herzen es mir sagte?«

»Was will ich denn mit all meinem Schreiben, das doch meine Gedanken dir nur immer zur Hälfte enthüllt? Ach, nichts weiter, als dir beweisen daß hier alle geschriebenen Worte nichts taugen, daß du kommen und aus meinen Augen meine unerschütterliche Liebe lesen sollst.« –

Noch einige andere Briefe und Billette trugen dasselbe Datum; eines mit Bleistift geschrieben und sehr zerknittert, schien in größter Eile am dunkeln Abend eingeworfen zu sein. Es trug nur die Worte:

»Ich *muß* dich sehen, es ist das erste Mal, daß ich dem Vater nicht gehorche, aber du hast mir ja mehr werden sollen als Vater und Mutter. Ich bitte dich, laß mir durch die alte Marie sagen, wo du mich erwarten willst. Ach mein Geliebter, ich kann nichts mehr sagen vor großen Schmerzen. Komm!« –

Aeltere Briefe aus dem Anfang des Verhältnisses fielen Detlef in die Augen. So eifrig er nach den letzten entscheidenden Blättern suchte, konnte er doch nicht umhin, jedes Blatt, auch das unwichtigste, das nur etwa eine Einladung im Namen der Mutter oder einen gleichgültigen Auftrag enthielt, Wort für Wort zu lesen. Welch eine unschuldige Heiterkeit leuchtete ihm aus diesen Mädchenbriefen entgegen, unbefangen, und doch in allen Schranken des Herkommens manche Beziehung auf gesellige Scherze, die ihm die Einfachheit des damaligen Lebens, die genügsame gute alte Zeit in ihrer ganzen Liebenswürdigkeit spiegelte. Dann wurde der Ton der Briefe zurückhaltender, die Schreiberin schien die Worte zu wägen, um ja nichts von einem Geheimniß zu verrathen, das sie sich selbst noch kaum eingestanden hatte. Dann eine Pause von einer Woche, ehe die rührende Gewalt einer tiefen Neigung zu Worte kam, in Erwiederung eines Briefes von Borromäus, der ihr sein Herz geöffnet hatte. Den Anlaß zu so häufigem Briefwechsel hatte die Entfernung ihrer Eltern von der Stadt gegeben, da sich die Familie während des Sommers auf dem Lande aufhielt, und es schien, als sei den Eltern nie der Gedanke gekommen, das junge Kind könne sich zu dem viel älteren Manne hingezogen fühlen, oder gar aus einem Briefwechsel Gefahr erwachsen. So schienen auch die Eltern über die Erklärung und Werbung des Hausfreundes nur erfreut, bis sie im Herbst nach der Stadt zurückkehrten und von manchen Seiten warnende Stimmen vernehmen mußten. Aus einem der letzten Briefe ging deutlich hervor, daß die Mutter trotzdem auf Borromäus' Seite blieb, aber an der Festigkeit des Vaters scheiterte, der sich für hintergangen ansah und mit aller Härte das Verhältniß ein für alle Mal abbrach.

»Ist es denn möglich?« schrieb das unglückliche Mädchen. »Dies soll der letzte Gruß sein, den ich dir senden darf? Kann ich den Gedanken denn fassen, daß es nun für immer zwischen uns aus und stumm sein soll, nachdem wir uns gesagt hatten, daß wir ewig unzertrennlich sein würden? Ach, kaum diese letzte bittere Erlaubniß habe ich meinem Vater abgewinnen können, dir ein Lebewohl zu schreiben. Wie kann ich es aber? Ich weiß es ja, dein und mein Leben ist nun zerstört. Das aber sollst du immer dir sagen, daß du in mir fortlebst, wie ich in dir, daß Alles, was geschehen ist, dein Bild mir verhaßt zu machen, es mir nur tiefer ins Herz gedrückt hat. Nur ich kenne dich; denn nur ich habe dich geliebt und weiß, wie liebenswürdig du bist. Das wird nie anders werden in mir. Was sie mir von deinem früheren Leben gesagt haben, hat nicht bis zu meiner Seele bringen können. Während sie dich anklagten, standest du mir vor Augen, und das Herz lachte mir so laut im Gedanken an deine Liebe, daß ich nichts hörte noch verstand. Ich soll dich nicht wieder sehen. Aber wie wäre das möglich? Wenn ich im Sterben liege, dann wenigstens werden sie mir's nicht abschlagen, daß ich noch einmal in deine Augen blicken und meine letzten Worte an dich richten darf.«

Diese wunderbare Mischung von Sanftmuth und Festigkeit des Herzens, von jungfräulicher Ergebung in den Willen der Eltern und leidenschaftlicher Hingabe an den geliebten Mann ergriff den Sohn immer mächtiger, je tiefer er sich in die Briefe hineinlas. Unwillkürlich trat neben dieses Bild einer hohen unglückseligen Liebe die Erinnerung an das eigene verstohlene Glück, das er wie im dumpfen Rausch genossen hatte. Es ward ihm zu Muthe, als würde er wieder ein Knabe und stünde vor seiner Mutter, ihr Alles zu beichten, und sie hätte kein einziges hartes Wort für ihn, nur jenen ernsten, traurigen Blick, dessen er sich aus seiner Kindheit wohl entsann. Eine heiße Unruhe überlief ihn, er sprang auf, öffnete das Fenster und ließ die frische Luft herein. Dann ging er ins Nebenzimmer und stieg auf das Bett, um das Bild nahe anzusehen. Es verlor so Auge in Auge nichts von seiner Lebendigkeit. Ja es schien, während er auf den Kissen knieete und in die holden Züge starrte, das Gesicht an Feuer und Ausdruck zu gewinnen, und er hätte es nur natürlich gefunden, wenn die Lippen sich plötzlich bewegt und die schönen Augenlider sich zu ihm herabgesenkt hätten. Mutter! sagte er ganz leise, wenn du mich jetzt mit leiblichen Augen sähest, was würdest du zu mir sprechen? – Er wartete eine Weile, wie auf Antwort. Dann richtete er sich auf und küßte den unschuldigen Mund und sagte dann: Mutter, dir gelob' ich es, nie will ich wieder ein Weib küssen, das dir nicht frei ins Auge blicken könnte! Das Bild schien ihm sanft zu winken, noch eine ganze Weile konnte er sich nicht davon trennen und blieb so im stillen Verkehr mit dem abgeschiedenen Geist, aus dem ein Frieden und eine Stille, wie er sie lange entbehrt, auf ihn niederströmten. Als er dann wieder vom Bett herabstieg, war sein Entschluß gefaßt.

Er setzte sich unverweilt an den Schreibsekretär, um an Anna zu schreiben. Aber von Neuem fiel sein Blick auf die Briefe der Mutter, und er fühlte, wie ganz anders jetzt seine eigene Sprache sein würde, da er voll war von der sanften Innigkeit dieser Bekenntnisse. Nun fand er auch erst den letzten Brief, den sie an Borromäus gerichtet hatte. Dreizehn Jahre lagen zwischen ihm und den übrigen.

»Meine Tage gehen zu Ende,« schrieb sie ihm, »und obwohl ich nicht zweifle, mein geliebter Freund, daß du meine Botschaft zeitig genug erhalten wirst, um mich noch am Leben zu finden, ist es doch möglich, daß ich nicht mehr Kraft genug haben werde, zu dir zu *sprechen*. Ich weiß nicht, wie dich das Leben geführt hat. Aber es bedarf dennoch keiner Bitte, um dir mein einziges Kind ans Herz zu legen. Du wirst es den armen verlassenen Knaben nicht entgelten lassen, daß ein fremder Mann sein Vater war, der auch seiner Mutter immer ein Fremder blieb. Warum ich meinen Eltern das Opfer bringen mußte, findest du in meinem Tagebuch mit Blut und Thränen niedergeschrieben. Mein theurer Freund, ich gebe die Seele meines Kindes nächst Gott in deine Hand. Das Beste, was in mir war und dein war, schläft noch in diesem geliebten Sohn. Erwecke du es und eigne dir's zu und liebe mich in ihm. Ich habe nichts Besseres und Köstlicheres dir zu hinterlassen. Wenn er erwachsen ist und ins Leben tritt, sage ihm, woran unser beider Glück zu Grunde ging, damit er Muth gewinne, allen Gefahren seiner Jugend zu trotzen. Und wenn er einst glücklicher wird, als wir, so bringe dem geliebten Mädchen, das ihm gehören darf, den Segen seiner Mutter.« –

Die Thränen stürzten ihm aus den Augen, als er diese Worte las. Lange flossen sie auf das Blatt herab, ohne daß er versuchte, sich zu fassen. Es linderte die Schwere auf seinem Herzen, daß er weinen konnte, und jetzt erst dachte er mit voller Klarheit an Borromäus und fühlte jeden Trieb der Treue und Neigung zu dem Freunde wärmer und unwandelbarer in sich. Was war aus ihm geworden, seit er in der Nacht über die Felder davongegangen war? Auch wenn er den Weg ganz zu Fuß gemacht hatte, konnte er längst in die Stadt zurückgekehrt sein. Wollte er nie wieder kommen? –

Eine unerträgliche Angst überfiel den Jüngling. Er stürzte hinaus und durchlief einige Straßen, als müsse er den Freund draußen finden und mit Gewalt wieder nach Hause führen. Den wenigen Freunden, mit denen Borromäus Verkehr unterhielt, stürmte er ins Haus und erkundigte sich unter schlecht ersonnenen Verwänden, ob sie ihn nicht gesehen hätten. Dann, nicht darauf achtend, wie seltsam sein Benehmen erschien, eilte er wieder fort und langte endlich, ohne etwas erreicht zu haben, in seiner Wohnung an. Rasch entwarf er einen Brief an Anna, worin er ihr mittheilte, daß er seine nächste Pflicht erfüllen müsse, Borromäus aufzusuchen. Sie solle ihn heute nicht erwarten, sein Herz sei von großem Kummer erfüllt, sein Selbstvertrauen auf lange zerstört. Mit Worten, die Alles auszudrücken versuchten, was Borromäus ihm je gewesen und jetzt mehr als je geworden sei, schloß er das hastige Schreiben.

Er legte eben die Feder hin, als sich die Thür öffnete und der schmerzlich Vermißte hereintrat. Im nächsten Augenblick hielten sie sich in den Armen, sprachlos, der Jüngling heftig weinend, während Borromäus mit bebender Hand ihm leise das Haar streichelte und aufrecht stehend den Fassungslosen stützte. Endlich sagte er leise: Laß gut sein, mein Junge, laß gut sein. Das ist nun einmal wie es ist. Komm, sei ein Mann; wir bleiben einander doch die Alten, oder wollen's hoffen. – Ich habe dich im Schreiben gestört, wie ich sehe. Gehe nur wieder daran. Hernach können wir noch genug sprechen, wenn du noch etwas auf dem Herzen haft.

Er legte jetzt den Hut ab und zündete eine Cigarre an, während Detlef, zu Boden blickend, am Tische lehnte und keine Silbe vorzubringen vermochte. Er hatte nur flüchtig den Freund anzusehen gewagt und war von dem seltsamen, feierlich traurigen Ausdruck seines Gesichts tief bewegt worden. Indessen ging Borromäus einige Mal durch die kleine Wohnung auf und ab und blies den Rauch in starken Wolken vor sich hin. Sein fahles, dünnes Haar stand ihm wunderlich um den Scheitel, die Augen hatte er halb geschlossen und richtete den Blick auch jetzt nicht auf Detlef, als er ihn, immer gehend und rauchend, in kurz hervorgestoßenen Sätzen anredete.

In der That, sagte er, ich hatte einen fatalen Heimweg. Die Hälfte des Weges fuhr ich auf einem Bauernwagen, der mich redlich durchrüttelte. Dabei kamen mir mancherlei Gedanken. Ich habe die Sache etwas barsch angegriffen. Ich hätte es noch geduldiger mit dem Biegen versuchen sollen, ehe ich sie zu brechen unternahm. Es ist nun aber geschehen, und ich dachte wohl schon unterwegs, du würdest mich nicht im Ernste darum hassen. Jeder Mensch macht dumme Streiche, wenn das Herz ihm überläuft. Du kannst auch in meinem Namen die arme Frau um Verzeihung bitten, die sich schwer über mich zu beklagen hat. Nun sie dich wieder hat, wird das ja bald verwunden sein.

Ich wollte dich nur bitten, sagte er nach einer Pause, daß du nicht etwa glauben sollst, mich zu bestimmen, wenn du mich auch künftig von euch erfahren lässest, mag es auch wenig sein, nur daß ich weiß, wo ihr euch gerade aufhaltet, ob du gesund bist, was du etwa treibst. Ich weiß nicht, ob ich es zu Stande brächte, ganz und gar ohne dich fertig zu werden. Wenn du mir aber dann und wann schreibst, bin ich schon zufrieden. Man hat ja so manches liebe Jahr Bett an Bett und Stuhl an Stuhl gelebt; da ist es wohl kein unbilliger Wunsch, daß es nicht auf Einen Schlag vorbei sein möchte. Nicht wahr, mein Junge?

Ich verstehe dich nicht, sagte der Jüngling. Wie kannst du glauben, daß ich mich von dir trennen werde?

Laß gut sein, Kind, erwiederte der Andere. Ich zweifle durchaus nicht an deiner alten Anhänglichkeit gegen mich. Sonst würde mir die Bitte gar nicht eingefallen sein. Aber es ist unnütz, daß du mich darüber täuschen willst, als würde ich dich nicht heute noch verlieren. Ich bin auch ganz gefaßt, es ist sogar gut und in der Ordnung, daß es so kommt. Ich habe meine Gewalt über dich zu straff angespannt, sie ist zerrissen; was kannst du dafür? Man soll keinem Menschen, der einmal ein Weib besessen, noch wie einem Unfreien, wie einem Unmündigen entgegentreten. Er mag sich nun selbst mit seinem Innern abfinden und für sein äußeres Schicksal einstehen. Damit ist nicht gesagt, daß ich dir meinen Rath verweigern würde, wenn du später einmal ihn zu hören wünschtest. Aber über das, was du zunächst zu thun denkst, habe ich nicht mitzusprechen. Reise mit Gott; nur, wie gesagt, gieb von Zeit zu Zeit ein Lebenszeichen.

Reisen? Wohin sollt' ich reisen? Wer hat dir davon gesagt?

Ich sehe, du willst uns den Schmerz des Abschieds sparen, Kind. Aber das ist überflüssig. Sage lieber, ob ich dir noch mit irgend etwas helfen kann, ob du Geld haben willst und ob ich dich später damit versehen soll. Du wirst natürlich nicht von deiner Geliebten abhängig sein mögen. Wer möchte das? Also sei ganz offen gegen mich. Als ich vor dem Hause der Frau Anna den Reisewagen rüsten und bepacken sah und hörte, daß sie noch in der Nacht fortwolle, überlegte ich mir sogleich, was du etwa brauchen könntest. Es soll dir an nichts fehlen, Junge.

Borromäus! Was sprichst du da? Sie will fort? O Himmel, davon sagst du mir das erste Wort! Keine Ahnung hatte ich, daß sie sich dazu entschließen würde. O, und es ist freilich das Einzige, was bleibt. Aber wie kannst du denken, daß ich sie begleiten würde? Du weißt nicht, wie es in mir aussieht, was mir Alles durch die Seele gegangen ist, seit wir uns getrennt haben!

Er stürzte auf Borromäus zu und sagte, leidenschaftlich seine Hand fassend: Ja, du mußt es wissen: ich kann nicht mit ihr fort, nicht fort von dir. Ach, ich kenne mein Herz nicht mehr, ich möchte es verachten und hassen, daß es über Nacht sich so verwandeln konnte; aber du bist Schuld daran, du und noch Eine, und nun, wenn ich mich auf meine Liebe zurückbesinne, ist es mir, als dächte ich an eine Todte. Was bin ich für ein Mensch, Borromäus, welch ein elendes, falsches, schwaches Geschöpf! Und doch, wenn ich bedenke, wie ich mich noch vor einer Stunde fühlte, allein mit mir und dem Bilde dort, kann ich es nicht beklagen, daß ich ein Anderer wurde, und danke euch, die ihr mir einen neuen Geist eingeflößt habt, denn ich fühle jetzt, daß es eine Lüge wäre, wenn ich zu ihr ginge und sagte, ich müsse ihr folgen, wohin sie immer ginge.

Er hatte den Freund vor das Bild der Mutter gezogen, und hier, den Arm fest um seine Schulter gelegt, sagte er ihm von den Briefen, die er gelesen. Als er schwieg und den Blick vom Bilde ab auf Borromäus wendete, sah er, wie die festen Züge des Mannes heftig zitterten und das Auge in seltsamem Glanz, größer als gewöhnlich, wie fern abwesend in eine dunkle Vergangenheit starrte. Es dauerte eine Zeitlang, ehe der Geist wieder zurückkehrte. Wie zerstreut fuhr er zusammen und sagte: Du hast Recht, Kind, es ist nicht das erste Wunder, das sie gewirkt hat. Sie war ein Engel in dieser elenden Welt.

Dann ging er schnell hinweg und ins Haus hinunter. Als er nach einer Weile wiederkam, war sein Gesicht sehr freudig, seine Bewegungen noch lebhafter als sonst. Ich habe uns ein Frühstück bestellt, sagte er. Und hernach, Kind, sollst du an sie schreiben, oder zu ihr gehen, was du lieber willst. Aber jetzt nicht; du wirst mir krank, wenn du mit übermüdetem Leibe noch das Schwerste durchmachst.

Während die Wirthin, deren frühe Mittagsstunde bereits geschlagen hatte, ihnen die Gedecke herauftrug, ging Borromäus, die Hände in den Taschen des Rocks, schweigend neben seinem Liebling auf und ab, setzte sich auch hernach nicht, als Detlef aß, sondern tauchte nur Brod in den Wein und versicherte, daß er unterwegs eingekehrt sei. Auf den Jüngling aber, der so lange den Schlaf entbehrt hatte, übte der Wein, den er hastig trank, seine Wirkung; er lehnte sich auf dem Sopha zurück und schloß die Augen. Nach wenigen Minuten lag er in festem Schlaf.

Der Lärm von der Straße störte ihn nicht. Auch fühlte er nichts, als Borromäus ihn bequemer auf dem Sopha zurechtlegte und ihm ein Kissen unters Haupt schob. So vergingen mehrere Stunden. Borromäus saß ihm gegenüber im Lehnstuhl, die Thür zum Schlafgemach stand offen und die wachsamen Augen des Mannes gingen hin und her zwischen der Mutter und dem Sohn.

Da kamen rasche Schritte über den Flur, die Thür ging auf und eine weibliche Gestalt im Schleier trat behutsam ein. Rasch trat Borromäus ihr entgegen. Er schläft! flüsterte er. Stören Sie ihn nicht. Er hat zu Ihnen kommen wollen, um Lebewohl zu sagen, da er von mir erfuhr, sie würden abreisen. Ich weiß, Frau Anna, wenn Sie stark genug waren, von ihm zu scheiden, werden Sie es auch ertragen, ihm den Abschied zu ersparen.

Sie machte eine abwehrende Bewegung mit der Hand und trat geräuschlos näher zu dem Schlafenden heran. Den Schleier hatte sie gleich an der Schwelle zurückgeschlagen, ihr schönes Gesicht war bleich und ihre Augen verweint. Jetzt, wie sie neben ihrem Feinde sich dem ahnungslosen Geliebten gegenüber befand, flossen ihre Thränen still und heftig von Neuem.

Borromäus ergriff ihre Hand und hielt sie fest, trotz ihres unwillkürlichen Zurücktretens. Lassen Sie mich diese Hand halten und küssen, sagte er, zum Zeichen, daß Sie zwei Freunde gewonnen haben, da Sie einen Geliebten verlieren sollten. Es ist so unnatürlich, daß wir einander feind waren, da wir beide den Einen lieben. Sie werden reisen; gehen Sie nicht fort, ohne einem Manne zu verzeihen, der selbst unsäglich leiden mußte, ehe er sich entschloß, *Ihnen* wehe zu thun. Und wenn Ihnen meine Verehrung und Bewunderung nicht ganz gleichgültig ist, so wissen Sie, daß ich, seit ich die kalte Hand von Detlefs verklärter Mutter an meine Lippen drückte, nie mehr einem Weibe die Hand geküßt habe.

Sie nickte mehrmals, während er sprach, und entzog ihm die Hand nicht; aber ihre ganze Seele hing an den geliebten Zügen des Schlafenden. Es *muß* sein! sagte sie endlich und machte sich gewaltsam von seinem Anblick los. Ich will ihn nicht wecken; es ist besser so. Verschweigen Sie ihm, daß ich hier war. Oder sagen Sie es ihm. Sie lieben ihn, Sie wissen, was ihm frommt. Ich – ich bin in meinem armen Kopf verwirrt und weiß nur – daß ich ihn nie wiedersehen soll!

Sie verhüllte ihr Gesicht und näherte sich, winkend, daß er zurückbleiben solle, der Thür. Er ließ sie hinausgehen. Aber als sie schwankenden Fußes die Treppe hinabging, kam er ihr plötzlich nach und führte sie ehrerbietig hinunter. Wir werden Sie nicht auf immer verlieren, sagte er. Die Zeit wird kommen, wo wir drei uns mit froheren Herzen wiedersehen; versprechen Sie mir, theuerste Frau, daß Sie hieran nicht verzweifeln wollen. Ich bin Ihnen einigermaßen Ersatz schuldig, und hoffe ihn einst zu entrichten. Leben

Sie wohl und nehmen Sie dies als ein Pfand von mir, daß ich nicht *immer* zwischen Ihnen stehen werde, wenn keine Gefahr für mein theures Kind, sondern nur noch der Segen einer edlen Freundschaft von Ihnen ausgeht. Leben Sie wohl!

Er reichte ihr auf der Schwelle der Hausthür ein hastig zusammengefaltetes Papier und verließ sie. Als sie es unter dem Schleier öffnete, sah sie darin eine volle Locke von Detlefs Haar, die Borromäus dem Schlafenden abgeschnitten hatte.

Eine halbe Stunde darauf fuhr Detlef aus seinem Schlummer auf; ein schwerer Wagen rasselte auf der Straße vorbei. Borromäus, rief er, ich habe geträumt, sie reise und ich solle sie nicht mehr sehen!

Der Traum ist Wahrheit, Kind, sagte der Freund und neigte sich über ihn herab. Aber sie scheidet versöhnt. Richte dich auf, mein Junge, du hast sie nicht verloren, denn eine große Seele verliert man nicht. Wir aber haben uns wieder!

Über tredition

Eigenes Buch veröffentlichen

tredition wurde 2006 in Hamburg gegründet und hat seither mehrere tausend Buchtitel veröffentlicht. Autoren veröffentlichen in wenigen leichten Schritten gedruckte Bücher, e-Books und audio-Books. tredition hat das Ziel, die beste und fairste Veröffentlichungsmöglichkeit für Autoren zu bieten.

tredition wurde mit der Erkenntnis gegründet, dass nur etwa jedes 200. bei Verlagen eingereichte Manuskript veröffentlicht wird. Dabei hat jedes Buch seinen Markt, also seine Leser. tredition sorgt dafür, dass für jedes Buch die Leserschaft auch erreicht wird.

Im einzigartigen Literatur-Netzwerk von tredition bieten zahlreiche Literatur-Partner (das sind Lektoren, Übersetzer, Hörbuchsprecher und Illustratoren) ihre Dienstleistung an, um Manuskripte zu verbessern oder die Vielfalt zu erhöhen. Autoren vereinbaren direkt mit den Literatur-Partnern die Konditionen ihrer Zusammenarbeit und partizipieren gemeinsam am Erfolg des Buches.

Das gesamte Verlagsprogramm von tredition ist bei allen stationären Buchhandlungen und Online-Buchhändlern wie z. B. Amazon erhältlich. e-Books stehen bei den führenden Online-Portalen (z. B. iBookstore von Apple oder Kindle von Amazon) zum Verkauf.

Einfach leicht ein Buch veröffentlichen: **www.tredition.de**

Eigene Buchreihe oder eigenen Verlag gründen

Seit 2009 bietet tredition sein Verlagskonzept auch als sogenanntes "White-Label" an. Das bedeutet, dass andere Unternehmen, Institutionen und Personen risikofrei und unkompliziert selbst zum Herausgeber von Büchern und Buchreihen unter eigener Marke werden können. tredition übernimmt dabei das komplette Herstellungs- und Distributionsrisiko.

Zahlreiche Zeitschriften-, Zeitungs- und Buchverlage, Universitäten, Forschungseinrichtungen u.v.m. nutzen diese Dienstleistung von tredition, um unter eigener Marke ohne Risiko Bücher zu verlegen.

Alle Informationen im Internet: **www.tredition.de/fuer-verlage**

tredition wurde mit mehreren Innovationspreisen ausgezeichnet, u. a. mit dem Webfuture Award und dem Innovationspreis der Buch Digitale.

tredition ist Mitglied im Börsenverein des Deutschen Buchhandels.

Dieses Werk elektronisch lesen

Dieses Werk ist Teil der Gutenberg-DE Edition DVD. Diese enthält das komplette Archiv des Projekt Gutenberg-DE. Die DVD ist im Internet erhältlich auf **http://gutenbergshop.abc.de**

Zeitfracht Medien GmbH
Ferdinand-Jühlke-Straße 7
99095 Erfurt, Deutschland
produktsicherheit@kolibri360.de